JN073906
おとなりの晴明さん
第七集
～陰陽師は水の神と歌う～
仲町六絵
illust. ユウノ
Design/Catany design

もくじ

おとなりの晴明さん
第七集
～陰陽師は水の神と歌う～
仲町六絵　illust. ユウノ

第三十二話

水の神、雫の龍

白い夏椿《なつつばき》が一輪、桃花《ももか》の両手の間で揺れた。

傾いた枝が信楽焼《しがらきやき》の花入れに当たって、乾いた音が立つ。

——花を生けるのって、難しい。

桃花は座卓に手を下ろし、正座していた脚を崩した。夏服になったセーラー服に、涼しい空気が入りこむ。庭から来るそよ風だろうか。

「爽やかな夏椿と、土の色をした信楽焼は色も質感も好対照……。なのに『これだ』っていう形にならない……」

落ちこんでいるのは、受験勉強の一環だからだ。

第一志望の芸術大学は、二次試験として四つの個別試験を設けている。与えられたテーマを鉛筆画で表現する試験、色彩画で表現する試験、立体作品で表現する試験、そして小論文。

今取り組んでいる生け花は、立体的に物を捉える練習として桃花自身が思いついた。試験で使用する素材は紙なので、生け花はどう考えても遠回りだ。

それでも、植物の形に向き合うこの方法は自分には合っている気がする。いや、合っていてほしい。

夏椿は、葉を一枚ずつ切り落としながら最良の形を見つけるのが肝要——と晴明《せいめい》に基本的なやり方を教わったものの、どうも迷走している気がする。

「桃花」

座卓の向こうから、着物姿の晴明が呼んだ。

夜空に雪が降るような涼しげな藍絣《あいかすり》に、青緑の角帯を締めている。文庫本を閉じる姿は、ドラマに出てくる昔の文学青年に見えなくもない。簾越《すだれご》しに入ってくる午後の陽光が琥珀色《こはくいろ》の髪に当たっていて、澄んだ紅茶の色を思わせる。

「独り言が面白い。目当ての女人に和歌を贈ろうと四苦八苦する公家《くげ》のようだ」

「変な比喩やめてください。平安時代のモテ技なんて知らないです」

「またよく分からん現代語を使う」

晴明は口の端をわずかに上げた。稲荷社《いなりしゃ》を守る白狐《びゃっこ》を思わせる秀麗な顔が、一瞬だけ柔らかい空気をまとう。

姿こそ二十五、六歳の青年に見えるが、晴明がまとう空気や琥珀色の瞳にはどこか翳《かげ》りがある。千年前の平安京で活躍した陰陽師《おんみようじ》にして、現在は閻魔大王《えんまだいおう》に仕える冥府《めいふ》の官吏——安倍《あべの》晴明は、基本的に常に憂鬱そうだ。

だが、勉強を教わってきた生徒であり、陰陽術の弟子である桃花には分かる。

——晴明さん、陰陽術を使ってない時は少しだけ表情が豊かなんだよね。

　実際、晴明は藍絣の着心地を楽しんでいるように見える。腕を組んだり文庫本を手に取ったりして袖が揺らぐ時、表情がかすかに寛《くつろ》ぎをたたえているのだ。

「悲観するな。壁にぶつからずに技芸を身につける者などいない」

「でも、落ちこみますよ。せっかく晴明さんに夏椿を用意してもらったのに、うまく生けられないなんて」

「そうか？　初めて夏椿を扱うにしては、悪くない手つきだが」

「やった！」

　生け花は試験と直接関係ないのだが、やはり晴明に褒められると嬉《うれ》しくなる。

「夏椿だが、台所にあと三本ある」

「たくさん、ありがとうございます」

　褒められた喜びを胸に満たしながら、桃花は礼を言った。

「高かったんじゃないですか？　市内の花屋さんに注文してくれたんですよね」

「いや、安くしてくれた。夏椿は一日か二日で見ごろが終わるから、と」

　桃花は手元の夏椿を見た。まだ瑞々《みずみず》しい。

「そんなに命が短いんですか、夏椿」

「早ければ、朝咲いて夕方に散る」

「今、十六時半ですけど。あと三本!?」

「限られた時間で量をこなすのは大事だ」

「質と量の両立が大事なのは分かります。でも聞いてないですよ、すぐ萎《しお》れるかもしれないなんて。もたもたしてて夏椿の美しさが無駄になっちゃったら、つらい！」

「実際の受験には不測の事態が付き物と聞いて、サプライズを仕込んでみた」

「日常の受験勉強に仕込まないでください」

本気で怒っているわけではないが、桃花はまなじりに力をこめてみせた。

「師匠が弟子を脅かすのって、アカデミックハラスメントじゃないですか？　略してアカハラって言うんですよ」

桃花は晴明に苦言を呈しながら、三色ボールペンでさらさらと絵を描いた。

黒い頭と四本の脚、長い尻尾、赤い喉と腹部。最後に黒く丸い目と、吊《つ》り上《あ》がった眉を描く。

「なんだこれは」

「アカハライモリです。略してアカハラ」

「両生類に眉はない」

「ないはずの眉を上げて、晴明さんのアカハラに怒ってるんです。芸大に受かるための勉強でハラスメントをするんだから、れっきとしたアカハラですよ」

桃花は心の中で（ぷんぷん）と怒りのオノマトペを付け加えた。

「ふん」

晴明は鼻で笑い、人差し指でアカハライモリの絵をトントンと叩《たた》く。黒い尻尾がゆらゆら動くのを見て、桃花は「なんでっ？」と声を上げる。

「さすがだな桃花。私が少し呪《しゅ》をかけただけで、絵が動きだした」

指先が水平に移動すると、アカハライモリは元通りただの絵になった。

「動いたのは、桃花の絵に呪力がこもっている証拠だ。師として鼻が高い」

「え。えへへ、ほんとですか」

怒っていたはずなのに、口元がゆるゆるとほころんでしまう。

「本当だ。ところで夏椿だが、葉をあと二枚落としてみなさい。よく吟味してから」

「はーい」

良《い》い返事をしてしまうあたり、我ながらちょろい弟子だと思う。

奥の台所から白猫の瑠璃《るり》が歩いてきて、桃花の隣でのびのびと寝転がった。

「瑠璃ちゃん、ながーく伸びてますね。つい最近まで丸くなってたのに」

「そう言えば、この頃は暑いな」

「今日から六月ですもん」

「いや、ここ百年ほど平均気温が上がっている。気象庁のウェブサイトで確認した」

「『この頃』の範囲がおかしくないですか？」

桃花は疑問を呈しながら花鋏《はなばさみ》を手に取った。

「よそでそういう言い方したら駄目ですからね。晴明さんは表向き『休暇中の若き研究者・堀川《ほりかわ》晴明さん』なんですから」

「分かった、分かった」

ふいに部屋が暗くなった。

どこかから、太鼓に似た響きが聞こえてくる。

「雷だな。近づいてくる」

晴明が言った。

「大変」

桃花は花鋏を置いた。座布団を一枚取って、寝そべる瑠璃のそばに立てた。

「何をしているんだ、桃花」

「瑠璃ちゃんが雷でびっくりしないように、バリケードを立ててます」

陰陽師に飼われているあやかしと言えど、瑠璃はもともと猫なのだ。雷を怖がるかもしれない。

「なるほど」

晴明は縁側の方向を見た。簾の向こうの大きな窓は開いている。

「縦石《たていし》、横石《よこいし》。窓を頼む」

指令を待ち構えていたかのように、ひとりでに窓が閉まる。カチャリと音を立てて鍵もかかった。晴明に仕える式神夫婦の仕事だ。夫は縦石、妻は横石。二人とも庭石に変化して、戸の開け閉めや敷地の警備などを担っている。

「やぁ、久々に大きいのが来ますな」

渋い落ち着きのある声で縦石が言う。

「あなた。感心していないで、庭の植木を守らねば」

優しく横石が言った直後、光が瞬き雷鳴が轟《とどろ》いた。

思っていたより派手な音に、桃花は「うひあ」と妙な声を出してしまった。予想に反して瑠璃が落ち着いているので、恥ずかしさを覚えながら座布団を戻す。

雷鳴が止《や》むと、弾《はじ》けるような雨音が聞こえてきた。

「大粒ですね」

「帰るまでに止まなかったら、傘を貸す」

「大丈夫ですよ、家は隣なんだから」

「ずぶ濡《ぬ》れで帰せるものか」

「えっ、晴明さん、やっぱり優しい……」

晴明の強い口調に、桃花は照れた。無意識に髪のリボンをいじってしまう。

「いや、風邪でも引かれたら勉学も陰陽師の修行も遅れるからな。それにご両親に申し訳が立たない」

冷淡に返されて、桃花は無言で髪を整える。

「そんなことより、先ほどの話の続きだが」

「ええと、どの話ですか？」

「ここ百年で気温が上がっている件だ」

「そうでした、気象庁のウェブサイトの。晴明さん、すごく現世に詳しくなってますよね。地球の温暖化に関心があるんですか？」

「今からしたいのは、地球単位の話ではないな。京都の、さきがけ祭《まつり》の話だ」

「はいっ」

大仕事の予感に、桃花は緊張する。

師弟二人にとっての、この頃の懸案事項である。

都となって千年以上を経た京都には、結界の乱れが生じている。

さきがけ祭とは、結界の乱れを抑える地鎮祭の準備として、桃花が晴明とともに携わっている仕事だ。

「これを何だと思う」

着物の懐から晴明が取り出したのは、孔雀《くじゃく》の飾り羽根を赤く染めたような、鳥の羽根であった。目玉のような丸い部分は橙色《だいだいいろ》だ。

「鳥の羽根に見えるけど、花の蜜みたいな香りがします。きっと普通の鳥じゃない」

「なかなか勘がよろしい」

晴明は、赤い羽根をひらひらと動かしてみせた。蜜の香りが鼻先で躍る。

「これは京の南を守る四神、朱雀《すざく》の羽根だ」

「ええっ、この羽根が、あの……朱雀、様？　本当に、鳥の形なんですね」

「鳥だな。赤い孔雀と呼ぶべきか」

京は、四神相応《しじんそうおう》の地である。

東は青龍《せいりゅう》、南は朱雀、西は白虎《びゃっこ》、北は玄武《げんぶ》。

この地を守る四神の内、桃花はすでに青龍に出会っている。ただし、十代初めの少年に化けた姿で。もしかしたら朱雀とも、人に変化した姿で会えるのだろうか。

「お会いしてみたいです」

「残念ながら、人に化けるのは難しそうだ」

「え。何か事情があるんですね？」

「朱雀は今、弱っている。人に化けられなくなったのを皮切りに、羽根が抜け落ちはじめた。その原因が近年の京の暑さと、地下水脈の乱れだ」

洛北《らくほく》と呼ばれる鞍馬《くらま》や貴船《きぶね》は夏でも比較的涼しいが、朱雀が守るのは南の方だ。さぞかしつらいだろうと桃花は同情する。

「何とかしてあげたいです……でも、『地下水脈の乱れ』ってどういうことですか？」

「京の北から南へ流れる無数の地下水脈のうち一本が、滞っている。南に棲《す》まう朱雀を癒やしてやれる水の流れが乱れているわけだ」

「暑さと水脈の乱れで、弱り目に祟り目《たため》ですね……。神様に『祟り目』も変ですけど」

「面白い」

晴明が表情を緩めたので、桃花は慌てて否定する。

「や、狙ってないです、そんな不謹慎な笑い」

「分かっている」

瑠璃が座卓に乗り、晴明の手に頭突きをした。飼い主への親愛の情か、ずっと触っている羽根への嫉妬か、その両方だろうと桃花は想像した。

「ともかく」

朱雀の羽根を懐にしまって、晴明は話を続けた。

「京都盆地の地下には、琵琶湖《びわこ》に匹敵するほどの豊富な地下水が流れている」

「そんなに多いんですか！」

中学まで滋賀県大津市《しがけんおおつし》で育った桃花は、琵琶湖の雄大さをよく知っている。日本で最も大きい湖であり、面積は滋賀県の六分の一を占める。

「京都で発掘調査をすると、平安時代から江戸時代まで、広範な年代にわたる多数の井戸跡が見つかる。つまり、長い間ずっと地下水に恵まれてきたわけだ」

「言われてみれば、京都ってあちこちで美味《おい》しい水が汲《く》めますよね。錦市場《にしきいちば》のとこにある錦天満宮《にしきてんまんぐう》の『錦《にしき》の水』とか、京都御苑《きょうとぎょえん》の近くにある梨木神社《なしのきじんじゃ》の『染井《そめい》の水』とか、名前がついてる。だから、京の名水って言われてるんですよね」

「よく知っているな」

「美術部の友だちから聞きました。京都生まれの」

「なるほど。私も現代の京の名水について調査を深めてきた」

いつの間に、と桃花が驚いていると、晴明は棚の奥から薄い一冊のファイルを出してきた。

「あ、調査資料ですね。ちゃんと調べてファイリングして、すごいなぁ……」

　真面目な気持ちで表紙を開いた桃花は「ん？」と声を出した。

　目に飛びこんできた文字列が「伏見《ふしみ》の清酒　伏見酒造組合」「伏見の酒について」だったからだ。

　京都市の南部、伏見区にある酒造会社が作った組合のウェブサイトらしい。

「晴明さん、またお酒に執着して。飲んべえも大概にしないと閻魔大王様に怒られますよ」

「人聞きの悪いことを言うな。現代の京で伏見の水がどう生かされているか調べただけだ。部下と二人で『伏見名水スタンプラリー』にも行ってきた」

　部下というと、冥府の官吏のことだろうか。

「伏見区の名水を巡ってスタンプをもらうんですね」

「合計で十ヶ所あった。平成になってから定められた『伏見十名水』だそうだ」

「はー……。一つの区にそれだけ名水の出る場所があれば、酒蔵がいっぱい建つのも分かる気がします。美味しいお酒を造るには、水が重要なんですよね」

「神社の名水もあれば、酒蔵で酒造りに使われている名水もある。その資料も入っているはずだ」

晴明の言う通り、別の頁《ページ》には『伏見名水スタンプラリー』の広告が入っていた。春の川辺に建つ酒蔵の写真がメインで、酒蔵の名が入った猪口《ちょこ》の写真も小さく載っている。

――このお猪口が目当てだったりして。

と思ったが、言わないでおく。晴明は確かに酒好きだが、現世のありようを学ぶ意志があるのも知っているからだ。

「北から南に至るまで、京が水の町だというイメージはつかめたか？」

それでわざわざ自前の資料まで見せてくれたのだ、と桃花は納得がいった。晴明は桃花の成長ぶりをたびたび褒めてくれるが、晴明自身も、指導の仕方がきめ細やかになってきている。

「よく分かりました。地下水脈が豊富だからこそ、わずかな地下水の滞りが起きてもみんな気づかない、ってことも」

「そういうことだ。見えなくとも危機は生じている状況を共有しておきたくてな」

――この言い方、仲間っぽくて好き。『共有しておきたくてな』。

心に生じた喜びを、桃花は秘めておくことにした。

今は、京の南を守る神が危機に瀕《ひん》しているのだ。

「晴明様、晴明様」

静かになってきた雨音に混じって、縦石の声が響いた。

「双葉《ふたば》殿が、庭の池に帰ってこられました。ねぎらってあげてくださいまし」

横石が優しく言った。

「分かった。迎えに行く」

晴明は立ち上がり、玄関へ向かった。桃花も後についていく。

――池ってことは双葉君、今日は魚に変化してるのかな。

晴明のそばに仕える式神・双葉は、普段は十歳くらいの少年の姿だが鳥や蝶《ちょう》に変化できる。桃花と出会って間もない頃は、池で魚に変化する練習をしていた。

「桃花はそっちの洋傘を使いなさい」

和傘を持った晴明は、そう言って先に玄関を出た。

――相合い傘じゃなくて良かった。

なぜ「良かった」のか、深くは考えないようにする。

小さな池には一匹の大きな鯉《こい》がいて、水面《みなも》から口を出している。

――強そう！　これがあの可愛《かわい》い双葉君？

本人に言ったことはないが、桃花から見た双葉は可愛い小学生なのだ。晴明に仕えてきた年数はそれこそ人間離れしているのだろうけれど。

「お帰り、双葉」

水面に向かって晴明が手を差し伸べる。

ぐわりと水面が隆起して、鯉が宙に躍り上がった。

庭の青楓《あおかえで》よりも高く跳んで、降る雨の中を落ちてくる。

「晴明様、ももかどの、お出迎えかんしゃ」

声とともに若草色の水干《すいかん》が広がって、少年の姿に戻った双葉が庭の敷石に着地した。

「すごいねえ、すごいねえ双葉君！　去年はもっと小さな鯉だったのに！」

駆け寄って傘を半分差しかけた桃花に、双葉ははにかんだような笑顔を向ける。

「覚えておられましたか」

「覚えてるよっ、晴明さんと一緒にいる仲間だもんね。どこへ行ってたの？」

「地下水脈をとおって、貴船神社《きふねじんじゃ》へ行っておりました。乱れた地下水脈をなおすのに、ご助力ねがいたいと晴明様のお言葉をつたえに」

「お疲れさま。そう言えば、この池は貴船神社と関係あるって、晴明さんから聞いたような」

「ああ。池を造る時、貴船の神に協力してもらった」

――庭造りに協力してくれる神様って、とっても気さくな感じがする。それとも庭好きなのかな？

「どうだった、双葉」

「『助力するが、試練を授ける。覚悟あらば来よ』とのことでした」

「行こう」

晴明は即答した。

「試練を授けるって、晴明さんに？」

意外さに打たれて、桃花は思わずそう口に出していた。

「何かおかしいか？　桃花」

「晴明さんって偉い陰陽師で、閻魔庁《えんまちょう》でも上の方の人ですよね？」

「閻魔庁第三位だ」

「試練って、ゲームで魔王を倒しに行くような、実力が厳しく試されるような機会でしょう。偉い人や強い人に、今さら試練なんか必要あるんでしょうか」

「ふむ。相手は神だからな」

しかし晴明は、比較的新しい神である牛頭天王《ごずてんのう》に対して指導するような言葉をかけていた。貴船神社の神とはよほど厳しく強い存在なのではないか。

「貴船神社に祀《まつ》られている神様って、なんていうお名前なんですか？　知らなくて恥ずかしいですけど」

「いや、無理もない。無闇に名を呼ばないよう、無意識に気をつけている人間も多いようだ」

――名を呼んだらいけない神様？

どんな存在なのだろう。崇高さだけでなく畏怖も感じさせる神なのだろうか。

「もし、お三方とも」

ゆったりと横石が――横長の庭石が呼びかけてきた。

「梅雨寒に風邪を引いてはいけませぬ。中にお入りなさいませ」

「りょうかい、よこいしどの」

どこで覚えたのか、双葉は右手を上げて敬礼した。

「二人とも、結界ご苦労」

晴明が横石と、その隣の縦長の庭石――縦石にねぎらいの言葉をかけた。

意味が分からず、桃花は「結界？」と聞き返す。

「われと妻は、双葉殿の変化する様や晴明様が井戸から出入りする様が外から見えぬよう、結界を張っておるのです」

「そうだったんだ……。縦石さんも横石さんもすごい！」

夫婦が晴明の式神になったのは、去年の春だ。

「去年の春までは足袋《たび》の型紙の付喪神《つくもがみ》だったのに、長足の進歩です！　足袋だけに」

「酒落《しゃれ》を披露している場合か。中に入れと言われているのに」

晴明が桃花を追い越して、玄関へ向かう。

「ああ、待ってください」

「ももかどの、だいじょうぶです。酒落、おもしろかったです」

「いい子。双葉君」

傘を持っていなければ、桃花は双葉の頭をわっしわっしとなでてやりたかった。

相合い傘も頭をなでるのも、晴明相手にはとてもできないが、少年の姿をした双葉ならば恥ずかしくない。ただ、その違いがどこから来るのか、桃花自身にも不分明であった。

「桃花。明後日《あさって》、一緒に貴船神社へ行けるか」

「明後日は土曜日ですね。丸一日空いてます」

今週末なら土曜日でも日曜日でも問題ない。

「よろしい。では双葉。帰ってきたばかりで悪いが、明後日行くと伝えてくれ」

「御意。ももかどの、これにて」

ひゅっと傘から駆けだした双葉が、池のほとりで高く宙返りをする。

「戻ったら葛湯を作ってやろう」

主《あるじ》に返事をするかのように、池に飛びこんだ鯉の尻尾が大きく水を跳ね上げた。

「桃花は生け花の続きだな」

和傘をたたんで玄関を開ける晴明に、桃花は「待ってください」と声をかけた。

晴明が土間から板の間へ上がる前に、着物の袖を押さえる。

「授業を再開する前に、弟子としてお聞きしたいことがあります」

言葉遣いが堅くなっているのを、桃花は自覚した。

「この着物なら染織作家から直接買った」

「似合うけどそういう話じゃなくて。神様からの試練、かなり重いものだったりしませんか?」

「聞いてみなければ分からんな」

さほど力を入れた様子もないのに、晴明は桃花の手からするりと逃れた。軽やかな所作で草履を脱ぎ、板の間に上がっていく。

「双葉が帰ってきたら、桃花の分も葛湯を作ってやろう」

──ずるいですよ晴明さん。甘い物で話をそらそうとしてるみたい。

不満に思ったものの、せっかくの葛湯にけちをつけたくなくて桃花は黙る。

「英文学の話になるが」

和室の手前で立ち止まって、晴明が振り返る。

「急にどうしたんですか？」

「ウィリアム・ワーズワースという詩人は『自然を君の教師とせよ』と言った」

有名な詩人なのかもしれないが、桃花には初耳であった。

「自然を、君の教師とせよ」

とりあえず桃花は復唱した。

晴明は真剣な顔をしている。

「夏椿を生ける練習は、必ず君の感覚を磨く。桃花、良い修練法を考えついたな」

桃花が「はいっ」とうなずいたのを見届けて、晴明は和室に戻った。

座卓には、まだいくらか葉の残った夏椿がある。

「四本のうち一番出来がいいのを、持って帰るといい」

「ありがとうございます。両親も喜ぶと思います」

「ミオにかじらせるなよ。うちの瑠璃と違って生身の猫だ。体に悪い」

桃花の家の三毛猫を気遣ってくれる、良いお隣さんである。

「あと二枚、葉の重なったところを落としてみます」

神様からの試練について追及するのは諦めた。現時点では晴明自身にも、詳細は分からないのだから。

――明後日だ。明後日、神様が無理を言ったらわたしが止める。止めたら朱雀の救済もかなわないが、その時は別の方法を探るのだ。

胸に決意を秘めて、座布団に正座した。

寝そべっていた瑠璃がニャアと鳴く。

晴明が文庫本を開きながらもこちらの様子をうかがっているのを感じながら、桃花は花鋏を手に取った。

*

夜の夢に昼間の出来事が現れるのはおかしくないが、この状況はいささか不条理すぎると桃花は思う。真っ暗な空間に夏椿の花が星々のように浮かび上がって、晴明の声でささやいている。

《自然を君の教師とせよ。自然を君の教師とせよ》

――これって悪夢かな。

ひどくシュールな光景に、桃花はそんな感想を抱く。

――生け花で神経を使いすぎたのかも。

今日の授業では四本の夏椿を生けた後で英語や数学の復習をしたが、一番集中力を費やしたのは生け花だ。どの葉を落とすか、白い花弁を傷つけないか、と。

その苦労を思い出させるかのように、夏椿はまた繰り返す。

《自然を君の教師とせよ》

「悪夢だとしても、怖くないよ。晴明さんの声だから」

夏椿たちのささやきが止む。ああ静かになったと息をついた桃花は、自分の服装に気づいた。胸元に広くレースをあしらった木綿のブラウスと、一見するとミニスカートに見えるキュロットだ。

――先月、お小遣いで買った服。買った直後は地味だと思ってたけど、涼しそうでいいかも？

純白の夏椿の下で見ると、自分のチョイスもなかなかだと思う。胸元のレースの下には薄い布が裏打ちされていて、通気性を保ちつつ肌の露出は抑えている。

「明後日の貴船神社、これ着ていこうっと」

キュロットの裾を指でつまんで、ダンスのようにその場でくるくる回ってみる。

「晴明さんが無茶しようとしたら、腕をつかんで逃げる！　ひらひらキュロットの実態はショートパンツだから走り放題！」

「落ち着け、桃花」

ほとばしる水しぶきのように冷たい、晴明の声がした。桃花は頭上に咲き誇る夏椿を見上げた。

「こっちに来てくれるか、桃花」

声は頭上ではなく、背後から聞こえていた。暗闇にドアが浮かびあがって、コツコツとノックの音がする。晴明が桃花の夢に訪れる時、たびたび使うドアだ。

「えーっと、聞こえてました？」

怒られる、と予想しながら尋ねてみる。余計なことをするなと言われそうだ。

「内容までは分からなかったが、はしゃいでいるのは分かった」

「はしゃいでました。お邪魔します」

独りで何を喋《しゃべ》っていたのか聞かれる前に、桃花はドアを開けた。陽《ひ》に透ける青葉の木々と爽やかな空気に迎えられ、胸の奥まで明るくなる。

そこは初夏の渓流だった。

岩の間をほとばしる白い清流、新緑の山肌、ツバメの舞う青空を背景に、白い直衣《のうし》を着た晴明が立っている。夢の中でよく出逢《であ》う、陰陽師の姿だ。

「いい服を着ているな」

「いっ、いい服ですかっ？」

晴明が桃花の衣服を褒めたことなどあっただろうか。桃花は思わずレースの胸元でこぶしを握る。

「そんな高い服じゃ……意外すぎて、なんて言っていいか。ありがとうございます」

「馬に乗るのにちょうどいい」

「馬？」

傾斜の急な山道を、シャンシャンと鈴の音が上ってくる。ポクポクという聞き慣れぬ音とともに。

黒いたてがみをなびかせる大きな首、鞍《くら》を載せた堂々たる馬体が視界に現れる。

「なんでここに馬が？　でもかっこいい……」

やってきたのは、栗色《くりいろ》の毛並みが美しい一頭の馬であった。晴明に近づき、鼻づらを直衣に寄せる。

「さあ、乗りなさい」

朱色の手綱を取って、晴明は言った。

「高校の制服で出てこられたらどうしようかと思っていた。あれは乗馬には不向きだからな」

「いい服って、そっちの意味ですか！」

「他に何があると言うんだ」

怪訝《けげん》な顔で晴明は桃花を手招きして、馬にまたがる方法を口頭で説明した。

——夢だからって、無茶させますね？

晴明に言われた通り、桃花は足を振り上げて栗毛の馬にまたがった。なるほど、セーラー服では困る。

「高い！　視界が、視界が違います！　山が山裾まで見える！　地面が遠い！」

馬上の景色に感動半分、動揺半分で桃花は叫んだ。

「やはり、馬は初めてか。桃花」

「初めてですよ。同じ高校で乗馬クラブの家族会員になってる子もいるけど、きっとお金持ち。わわわ、揺れる？」

「生き物だからな。人間が怖がると馬にも伝わって良くない。落ち着いた気持ちで乗っているように」

晴明が手綱を取って歩き出す。土がむき出しの坂道を、草履で難なく上っている。

「晴明さん」

「どうした」

「電線が見当たりません。道は舗装されてないし、川の護岸も、コンクリートじゃなくて石積みでできてる」

「よく気づいた。ここは平安時代の貴船だ。夢を使って連れてきた」

「過去の情景の中ってことですか」

「厳しい試練ではないかと桃花が心配していたからな。貴船の神と、平安時代のある女人との契約を見せて安心させたい」

「貴船の神様と、契約した女の人……？」

「この山道の、もう少し先にいる」

自分たちが歩いているのは、千年ほど前のある初夏の一日。貴船神社へ向かう山道なのだという。

「閻魔庁の浄玻璃《じょうはり》の鏡から情報を拾ってきた」

「過去の映像記録を利用したヴァーチャルリアリティみたいな感じですね。平安時代に映像記録のデバイスはないけど」

　桃花は渓流に目をやった。素裸になって遊んでいる子どもたちも、魚釣りをしている大人もこちらに注目しない。自分たちは今、過去の記録の中にいるのだ。

「参拝者だ」

　晴明が、向こうから歩いてくる複数の人影を見て言った。

　被《かぶ》った笠《かさ》の周囲に透ける薄絹を垂らした女性たちだ。まとった衣をうまくまとめ、地面に引きずらないようにしている。

「日本史の資料集で見ました。壺装束《つぼしょうぞく》！」

　絵巻物で見た姿を目の当たりにして、桃花は興奮した。

「これが平安時代……！　晴明さん、ありがとうございます」

「昼間の桃花の様子だと、放っておいたら貴船の神と喧嘩《けんか》をしかねないからな」

「そこまでは考えてません！」

「ほう。『そこまで』か」

　晴明が足を止めた。白い直衣に青葉の影が映って美しい。そして声が怖い。

「『そこまで』ではないなら、どの程度まで考えていた？」

「……晴明さんが無茶しようとしたら、腕をつかんで逃げようと思ってました。朱雀様や地下水脈のことは別のやり方を考えるとして」

「無茶なのは桃花の方だ」

首をゆるゆると振って、晴明は手綱を軽く動かした。馬が鼻を鳴らして、また一行は坂を上りはじめる。

――怒られないみたい。

坂道が急になり、右手に流れる渓流が細く、速くなってきた。

坂の上に目を向ければ、道の脇に数人の男女と馬が寄り集まって休息している。

「あっ、また壺装束の女の人がいる」

槍《やり》や太刀を持った武人に守られたその女性は、岩に腰掛けていた。岩にはしっかりと布が敷いてある。流水文《りゅうすいもん》に花が散る衣は、先ほどすれ違った女性たちの衣よりも上等に見えた。

「お付きの人がたくさんいて、身分が高そうですね」

「あれが貴船の神と契約した女だ。歌人としては『和泉式部《いずみしきぶ》』と呼ばれている」

「契約したのって、和泉式部さんだったんですか？　百人一首とかで有名な」

和泉式部が詠んだのはどんな歌だったか思い出そうとしているうちに、桃花の乗る馬は和泉式部一行の前で立ち止まった。

「具合が悪そう」

薄絹から透けて見える瓜実顔《うりざねがお》は白く美しかったが、紅を塗った唇は歪《ゆが》んでいた。

「自分の足で外を歩くことなど滅多にない身分だ。苦しいだろうな」

分析するような口調で晴明が言う。

どこからか、地元の商人と思《おぼ》しき男女が黒い馬を連れてきた。和泉式部の侍女と思しき、小柄な少女も二人いる。和泉式部は少女に話しかけられて、身を折った。うなずいた拍子に姿勢が崩れたらしい。

「何のお話をしてるんでしょう？」

「お付きの者が交渉して、馬を借りてきたところだ」

「大丈夫でしょうか？　さっき初めて知ったけど、馬って結構揺れるのに」

桃花と晴明が話している間に、侍女二人に助けられて和泉式部は馬に乗った。袴《はかま》ではないので、平坦《へいたん》な鞍に横座りだ。

――危なくない？　横座り、つるんと滑りそう。

桃花の心配をよそに、和泉式部を乗せた馬は渓流沿いの道を上っていく。過去の情景だと分かっていても、目が離せない。

「あんな大変そうな思いをして貴船に来るなんて、よほどのお願い事があるみたい」

「桃花がその疑問を抱くのを待っていた」

「まさか晴明さん、また教育的サプライズを……ひゃっ」

つるんと滑ったのは、桃花の方であった。

今まで乗っていた馬が突然消えて、桃花の体が闇を落下する。

――体育では柔道を選択すれば良かったなぁ。受け身を習うから。

どこか呑気《のんき》にそう思った時、靴底が何かに触れた。

衝撃もなく着地したのは、夜の草地であった。見上げれば高くそびえる木立と、月の輝く夜空があった。

「晴明さん、晴明さん？」

暗がりの中であたりを見回すと、桃花の周囲で緑の光点が飛び交った。

蛍だ――と気がついた時、ささやかな渓流の音が耳に入ってきた。

「桃花。ここだ」

渓流のほとりと思しきあたりに、晴明が立っている。白い直衣が月明かりを浴びて光の靄《もや》のようだ。

「びっくりしました。蛍、きれいですね」

月の光を頼りに、晴明のいる方へ駆ける。

「ここも貴船ですか？」

「そうだ。貴船神社の境内」

「和泉式部さんは？」

歩調を緩めかけた時、晴明のそばに立つ黒い影に気づいた。

——髪が光ってる。すごく長い黒髪。

浅く流れの速い川に、長い黒髪の女が立っていた。着崩れた小袖の裾が、髪と一緒に流れに浸《つ》かっている。蛍の光が、小袖の流水文様を照らしていた。

「和泉式部だ」

確かに、着ている小袖の流水文は昼間見たものと同じだ。黒髪からのぞく唇には、今も紅が光っている。

「なんで、川の中にいるんですか……」

「願掛けだ。水を司《つかさど》る貴船の神への」

和泉式部の唇が、月光を受けながら開く。

黒髪は　神に捧《ささ》げん　下辺《しもへ》なる

つれなき人に　祟りあるべし

和泉式部は、同じ歌を二度、三度と繰り返した。

おかげで、桃花にも意味が何となく分かってきた。「つれない」とは、恋人が自分から離れていく時に使う言葉ではなかったか。

「晴明さん、これ、誰かを呪う歌です。こんな歌詠んじゃって和泉式部さん、大丈夫なんですか？」

人を呪わば穴二つ、という警句が桃花の頭の中でアラームを発していた。

「どう読み取った、桃花」

「黒髪を、神様に捧げよう。下の方にいる、薄情な人が祟りを受けるはず……」

「そういうことだ。この場合『下辺』とは、川の下流。つまり平安京に住む薄情な男に祟りを下せと、水の神である貴船の神に願っているわけだ」

――神様、怒るんじゃないですか？

桃花は詠唱し続ける和泉式部を止めたくなったが、これは過去の情景に過ぎない。

おろおろしていると、やがて川上から冷たい空気が漂ってきた。

――寒い。さっき晴明さんが、初夏だって言ったのに。

「歌で呪ったのは、お前だな」

冷気とともに声が近づいてくる。

細い渓流に沿って、白く長い何かが下りてくる。真珠に似た光沢を持つそれは、大きな龍《りゅう》だ。

「あ、あ」

和泉式部が発したのは、悲鳴というよりも歓喜の声であった。足下の水が玉のように散って蛍の光と混じる。

「美しき龍よ、あなた様が貴船の神でございますね」

和泉式部は玲瓏《れいろう》とした声で呼びかける。

「歌に応えてくださったのですね。どうか、都に住むあの人に報いを」

龍は返事をしない。

蛍が乱舞する渓流に憩いながら、和泉式部を見据えている。

「桃花。貴船の神の名は、このような字を書く」

晴明が、見えない壁に記すかのように指を動かす。現れたのは、白く染まった三文字であった。

高龗神

「タカオカミノカミ、と読む。中央の龗《おかみ》という字は、人間たちが三つの祭器を捧げ、龍に雨を乞うている様子を表す」

口の字三つが、三つの祭器を表すらしい。

字の中に人の姿はなく、雨と龍の間に祭器だけが並んでいる。

「タカオカミノ神の力が大きすぎる故に、人々は龗の字を避け、名を呼ぶことを避けた。現世の様子を見たところ、現代までその習わしは残っているようだ」

桃花は黙って何度もうなずく他ない。

上流でこちらを見据えているのは、それほどまでに偉大な龍神なのだ。過去の情景と分かっていても身がすくむ。

「女よ」

洞穴に響くような声で、龍が言葉を発した。蛍の乱舞が激しくなる。

「我は、帝《みかど》の政を支える神。すなわち水利と農耕を支える神」

和泉式部は渓流の中で跪《ひざまず》いた。今になって龍神への畏れを感じたのかもしれない。

「不敬なる女よ。たかが男一人の身に祟りをなすために、我を呼ぶとは」

龍神の目が緑色に光る。

怒りの色だ、と桃花は思った。

「吾《われ》を殺《あや》めますか」

和泉式部は動じていない。跪いた白い脚に、濡れた黒髪が絡みついて凄艶な姿になっている。

「殺められても構いませぬ。その心づもりで今の歌を詠みました」

「手間をかけさせおる」

龍神がぼやくように言った。

「立つが良い。死ぬ心づもりで来た女に跪かれても嬉しゅうない」

――あれ？　貴船の神様、実は優しい？

桃花がほっとしている間に、和泉式部は立ち上がった。

「歌を詠みなおせ。男を呪うための歌ではなく、男を求め恋しく思う今を詠《うた》え。汝《なんじ》は帝の世を彩る歌びとであろう」

「ならば、今しばし……」

歌を思いつくまでの時間をくれ、ということらしい。

和泉式部は渓流の水をすくい、唇ですすった。

塗った紅が流れ落ちそうなほど、何度も。

物おもへば　沢の蛍も　我が身より
あくがれいづる　魂かとぞみる

一度詠唱を聞いただけで、桃花にも意味が分かった。

――そう、この歌！　中学生の時に何かで読んだのに忘れていた。

この歌を知った時の感想も思い出した。

いくら恋の物思いに沈んでいるからといって、自分の魂が蛍になって飛ぶなんて、うまく想像できない。当時は、そう思ったのだ。

――今の歌の方が好き。祟りを下すための歌じゃないから。

「契りを結ぼうぞ」

龍神が呼んだ。

「我は、詠いなおした歌に返歌をする。返歌を受け取ったならば、二度と呪いの歌は詠まぬと誓え」

「恐れ多きこと。お受けいたします」

和泉式部の答えを聞いて、龍神が首をもたげた。

奥山に　たぎりて落つる　滝つ瀬の
たま散るばかり　ものな思いそ

龍神が詠唱し、和泉式部が同じように詠唱する。晴明がすぐそばに立っているのを感じて、桃花は琥珀色に照る髪を見上げた。

「『な何々そ』は『何々するな』っていう禁止の意味だって習いましたけど」

「よろしい」

「でも他の部分が分かりません」

互いに詠唱を繰り返す和泉式部と龍神を横目に見ながら、桃花は頭を掻《か》いた。とても重要な歌だ、とは何となく感じられるのだが。

「『奥山の滝が水の玉を散らす、そのさまと同じように魂が散ってしまうほど物思いにふけってはならない』といったところだな」

和泉式部が蛍に喩《たと》えた魂を、龍神は飛び散る水の粒に喩えたのだ。

「あ、水の『たま』と魂の『たま』をかけてるんですね」

「和歌の修辞法で『掛詞《かけことば》』という。一つの音に二つの意味を持たせる。だが」

晴明は直衣の袖をひらめかせて、和泉式部を示した。ずぶ濡れの姿で、川から上がってきている。

「龍神の技はそれだけではない。魂が細かくばらばらに散るという和泉式部の実感に寄り添ってみせた。返歌としても、呪いの解除としても非常に巧みだ」

「めちゃくちゃ褒めますね」

「見ろ。従者たちが迎えに来ている」

松明《たいまつ》の火を掲げた僧侶、そして昼間にも見かけた武人や侍女たちが「ご無事で」「いかなること」などと口々に言いながら近づいてくる。布を手にした侍女がいち早く和泉式部に駆けつけて、濡れた体を覆ってやっている。

「宿舎となった寺から抜け出すとは、困った女主人だ。さて桃花」

和泉式部への興味を失ったかのように、晴明は口調を強める。

「貴船に祀られるタカオカミノ神が、厳しさだけでなく寛容さをも備えた存在だと分かっただろう」

「はい。厳しいだけだったら、和泉式部さんは無事じゃなかったと思います」

「よろしい。その点を分かってほしかった」

晴明の表情が和らいでいる。

桃花は、腕をつかんで逃げようなどと思ったことを後悔した。

「タカオカミノ神が私に与える試練が何であろうと、邪魔をせずに見ていてくれるか」

「はいっ。約束します」

宣言して、右手の小指を差し出した。「指切りげんまん」だ。

「おい」

桃花の小指と顔を見比べて、晴明は困ったような表情を浮かべた。

「子どもの遊びみたいで嫌ですか？」

「逆だ」

晴明は、大きな手で桃花の小指をやんわりと包んでしまった。指切りができない。

「指切りは、大事な相手に取っておきなさい」

――晴明さんは、大事ですけど。

反論したいところだが、やめておく。晴明が言っている「大事な相手」は、恋人だとか夫だとか、そういう意味なのかもしれない。

離れていく晴明の手を、桃花は名残惜しく見送った。

「桃花、明日の予定は？」

明日つまり金曜日の予定を桃花は思い浮かべる。

「学校の授業の後、美術部で日本画の模写です」

「日本画の修練の基本だ。しっかりな」

はい、と答えた直後に、桃花は紅《あか》い牡丹《ぼたん》の花に囲まれた。花の陰から一匹の蛇が出てきて、ちろりと舌を出す。黒い猫が全身の毛を膨らませて蛇を睨《にら》む。

「日本画で模写の対象になりそうな物を集めてみた。いわゆる『絵手本』になる可能性が高い動植物だ」

晴明の姿はなく、声は遠くから聞こえた。

「実物を見せてどうするんですか。蛇はびっくりしますよ、蛇は」

「龍神に会うのだから、体の長い生き物に慣れておくと良い」

理屈は分かるが、桃花は蛇が得意ではない。毒を持っていなくても嫌だ。

「ぎゃー、蛇、近くに来た！　触れ合いは無しでお願いします！」

「それは悪かった」

視界がゆっくりと暗くなる。蛇も牡丹も猫も消え失《き》せ《う》たのを確かめて、桃花は本当の眠りに落ちていった。

＊

青楓と一緒に、丸い提灯《ちょうちん》が風に揺れている。

舗装された坂道から貴船川《きぶねがわ》を見下ろせば、座敷が流れの中に並んでいた。いわゆる「貴船《きぶね》の川床《かわどこ》」だ。時間はまだ昼前なので、客は少ないようだ。

「晴明さん、帰りに寄りませんか。川床」

「昼食は家で食べる、とご両親に言ってきたのだろう」

「カフェもあるんですよ。昨日、友だちに教えてもらいました」

「酒があれば嬉しい」

「そこまでは知らないです」

今朝早くに桃花の家の玄関先で待ち合わせてから、二人はたわいのない話ばかりしている。試練がどんなものなのか、実際に遭遇するまで話すまい――と示し合わせたかのように。

――助かる。重い雰囲気になったら嫌だもの。

川のせせらぎを圧する勢いで、木々がざわめく。

「風が強いみたい」

日傘の向きを調整し、ハーフアップ髪に挿したかんざしがずれていないか確かめているうちに突風は止んだ。

——良かった、ずれてない。結び桜《むすざくら》のかんざし。

晴明にもらった大事なものだ。

術者としての桃花の紋「結び桜」が螺鈿《らでん》であしらわれた、赤漆塗りのかんざし。

「ところで」

晴明が首を巡らせ、桃花の背中のあたりを見た。

「大荷物だな。重くないか」

今日の桃花は夢の中で決めた服装に、帆布のリュックを背負っている。

「ご心配なく。嵩張《かさば》るだけで、重くはないんです」

「重くないが嵩張る物か。ぬいぐるみだな」

「持ってきませんよっ。大事なお仕事の日に」

否定してから（しまった）と思う。自室に大きなぬいぐるみを置いていると白状したようなものだからだ。

「恥ずかしい……。ぬいぐるみ好きだとカミングアウトしてしまいました」

「特に驚かない。おかしいとも思わん」

貴船神社の鳥居が見えてきた。

鳥居の向こうは、灯籠の並ぶ急な石段だ。そこもまた青葉に彩られている。

――映える。ここで結婚式できるかな。

春に狐《きつね》の花嫁に扮《ふん》したせいか、そんなことを考える。

「桃花、驚くなよ」

早口に指示される。

何にですか、と言いかけた時、鳥居の向こうから一すじの光が飛んできた。

――龍だ！　小さな、白銀みたいな龍！

青葉をすりぬけて飛来する龍と、自分から近づいていく晴明の動きがひどく緩慢に見える。子どもの頃に自転車で転んだ際、時間の流れが遅く感じられたのと似ている。

非常事態、危機、と本能が告げている。

――晴明さん、わたしが大声上げて周りの人に怪しまれないように注意したんだ。

きっとそうなのだ、と思う。

小さな龍は弧を描いて舞い、晴明の足止めをしている。

目まぐるしいその動きを追うでもなく、晴明はただ立っている。

桃花と晴明にしか分からない静かな闘争は、しかしすぐに終わった。

龍は晴明の正面で静止すると、その胸元に吸いこまれていった。

――今の、何？　これが『試練』？

日傘の柄を握りしめて見守る桃花を、晴明が見た。

「行こうか」

大丈夫ですか、と聞きたい。しかし晴明が「行こうか」と宣言したからには、大丈夫なのだろう。桃花はうなずいて、晴明と並んで石段を上りはじめた。

「桃花。今のを、何だと思った」

常と変わらぬ声で晴明が聞いた。

「小さな龍に見えました。ガラス細工か噴水みたいにきらきらした」

「これはタカオカミノ神の分身、だそうだ」

晴明の手に湯気のようなものが立ち、龍を形づくる。

「名前は雫龍《しずくりゅう》。本体であるタカオカミノ神を天上の雲と地上の川に喩えるならば、分身の方は雫《しずく》程度の力、という意味らしい」

ずいぶんとささやかな分身である。

今の話からすると、雫龍は寄生者のごとく晴明の中に入りこんで、晴明だけに話をした、ということらしい。晴明自身も現在の状況を容認しているように見える。

「わたしには何も、聞こえません」

「私の中にいた時は、普通に話していた。師匠と弟子を分断するとは、これも試練の一種かな」

手の上でゆらめく龍を、晴明は余裕綽々《よゆうしやくしやく》という風情で眺めている。

――晴明さんと出会ったばかりの頃なら、何言ってるんですかって感じだけど。

「それで、どんなお話を……」

「雫龍いわく」

声に反応して、雫龍が晴明を見上げる。手乗りインコを桃花は連想した。

「現在の京都で起きている地下水脈の乱れは、かなり深い位置で起きている。浅ければ私が双葉を使って修復に行けるが、それが不可能なほどの深度だ」

淡々と話す晴明の様子からすると、異存はないらしい。

「ゆえに、タカオカミノ神は私の体内に雫龍を送りこんだ。地下水脈の乱れを修復に行ける状態まで育てろ、とのことだ。寄生虫と宿主の関係ならば宿主が健康を害するか死んでしまうが、この場合、私は現世での修練を積むわけだ」

「寄生虫……。怖い喩えはやめてください……」

雫龍は渓流の空気を味わうかのごとく、ゆったりと身をくねらせている。

「でも、事前に相談もなくあんまりじゃないですか？　雫龍様」

桃花の抗議に、雫龍は無反応であった。

「事前に通達なく、という点も含めて試練なのだろうな」

「ハード過ぎますよ、『歌を詠みなおせ』っていう和泉式部さんとの契約に比べて」

「和泉式部は一般人だからな」

正論ではある。和泉式部は、京の結界を守る役目など負っていない。

「川床へ行くか。桃花」

「えっ、嬉しいですけど、参拝しなくていいんですか？」

桃花としては、遊びではないと分かっていても参拝したい気持ちがある。水に浮かべると文字が出てくる「水占《みずうら》みくじ」や、本宮と奥宮の間にある縁結びの社、結社《ゆいのやしろ》など、色々と自分で調べたのだ。

「タカオカミノ神は参拝を求めてはいないそうだ。それより早く今の状態に馴染《なじ》めと」

同意するように雫龍が首を上下に揺らす。

「正直なところ、少々疲れている。生身の人間だった頃、熱を出した時に似ている」

――大変。今は雫龍様という異物を抱えてるから。

寄生虫どころか異物呼ばわりしてしまうのは、雫龍に対する敵意だろうか。

誰にもこの気持ちを見せまい、と誓う。

「行きましょう、休憩に。何なら、日傘をお貸しします」

「気持ちはありがたいが」

晴明は、桃花の日傘についているリボンを見て苦笑する。

「そういうものは桃花やお母上の好みだろう」

「当たり。母と選んだんですよ。さあ、川床カフェにご案内」

晴明を川下へいざないつつ、雫龍を観察してみる。

白珠《しらたま》の光沢を放つ小さな龍は、晴明の腕に巻きついて動かなかった。

＊

長い暖簾《のれん》に屋号を染め抜いた旅館、鮎料理《あゆりょうり》の看板を出した懐石料理店など和風建築の並ぶ坂道を、十分ほど下りていく。すれ違う人々の歩みは街中よりもゆっくりで、桃花は晴明に起きた異変が嘘《うそ》のように思えてきた。

――現実は、現実。しっかりしなきゃ。

自分の先生が、神様から不意打ちをくらったことには憤っている。しかし自分たちの目標を軽んじてはならない。晴明に宿った雫龍を育成して地下水脈の乱れを修復し、京の南を守る朱雀を癒やすのだ。

「晴明さん、あのお店ですよ」

貴船川に張り出す形で建っている平屋を指し示す。

「清水《きよみず》の舞台みたいにテラス席があって、貴船川を見下ろせます。もちろん川床でもオッケー」

店の入り口にはソフトクリームの模型と、紫陽花《あじさい》の鉢植えが飾ってある。

水色がかった小石が敷かれた庭は涼を感じさせる。

枯れ竹を格子に組んだ低い垣根が、和の風情を醸し出している。

メニュー看板には、抹茶やほうじ茶を使った菓子が写真付きで並んでいた。

「料理屋さんよりもカジュアルに寄れるお店ですよね」

「なるほど。上ってくる途中で見て、桃花の喜びそうな店だと思っていた」

しばし店の全容を眺めていた晴明は、にやりと笑った。

「酒がある」

「え、どこですか」

「ショーケースに一合瓶が入っているのが見えた」

「お店に入る前から分かるって、どんな視力ですか」

「目利きだからな」

「目利きって、そういう使い方の言葉でしたっけ」

ははっ、と笑って晴明は小石を踏んで歩いていく。

わずかに爽やかさを装っている時の、「研究者の堀川先生」を演じている時の声だ。

——元気なのか無理してるのか、ひやひやする。

桃花としては、二人で行動している時に「青年・堀川晴明」を演じられると調子がくるってしまいそうだ。

「すみません。川床の席は空いていますでしょうか」

店内で迎えてくれた女性店員に、晴明が優しげに話しかける。

「ええ、空いてますよ。ありがとうございます。でも」

店員は、喜びに戸惑いが混じった表情でテラス席に目を向ける。

生成り色のパラソルの下で、親子連れやカップルが憩っているのが見えた。

「六月に入ったばかりですので、テラス席の方が過ごしやすいかも分かりまへん」

「と言いますと……」

「今の気温ではまだ、川床は寒いんどす。北から冷たーい水が絶えず流れてきますよって。お嬢さんは半袖やし、大丈夫やろかと思うて」

「あのう、わたしは大丈夫ですよ」

控えめに桃花は言ってみる。

「分かった。……お願いします」

「ありがとうございます。ほな、川床は庭の端っこの階段から行けますので足元お気をつけて。お水とメニュー、すぐお持ちしますのでね」

手慣れた様子で店員は言い、グラスの並ぶカウンターへ戻っていく。

「『お嬢さん』とは誰のことだろうな」

庭に出た晴明は、わざとらしく顎に手を当てて言った。

「わたしです、わたし。『そこのゴージャス可愛いお嬢さん』って意味ですよ」

「『ゴージャス可愛い』とは」

「このへんです、ここのリボン」

日傘を傾け、リボンを揺らしてみせる。

軽口を叩きながらも、桃花は晴明の声に集中していた。

不調が見られないか、無理をしていないか。

好物である酒を飲むのは、今の晴明にとって良いことなのか。

「桃花、日傘を閉じなさい」

川床へ下りる階段で、後ろから晴明に注意された。

「足を滑らせた時、地面に手を着けられるように」

「もう、晴明さんの方が心配なのに。はーい」

「返事の前に何か言ったか」

「言いましたよ大事なこと」

自分も言い返すようになった、と思いつつ日傘を閉じる。

階段を一段下りるごとにせせらぎの音と冷気が迫ってきて、「ひやぁ」と小さな声が出る。

岸で靴を脱ぎ、川床に足を踏み入れる。座敷一枚を隔てて、水が流れていくのを感じる。向こう岸から半分には、川床はない。むきだしの貴船川だ。

「晴明さん、ここから反対側の岸を見てください。水の上に立ってるみたい」

晴明は桃花の隣に立って「なるほど」とつぶやいたのち、座敷に座った。

我ながら稚気に満ちた誘いだったが、付き合ってくれたのが意外だ。

「桃花は、何を頼むか決めたのか？」

仕事の話はしない方が良いのだな、と桃花は察した。

「お昼は家で食べるから、何か軽い飲み物にします」

「そうか」

「良かったら晴明さん、今お昼ご飯にしたらどうですか？　せっかくの川床です」

晴明には現世で良き休暇を過ごしてほしい。

この冬そんな祈りを込めて、桃花は晴明に雪輪《ゆきわ》文様《もんよう》の香立《こうたて》を贈った。

豊作を表す雪輪の中にさまざまな風景を閉じこめたこの文様のように、晴明に色々な美しい風景を見てほしい、と。

ほんの数ヶ月前のことだが、ずいぶん前の出来事に思える。

「自分だけ酒食を楽しむのも気が引けるが」

「大丈夫ですよ、普通のカフェならおひとり様ワンオーダーしてれば問題ないです」

そう言っているうちに、先ほどの店員がメニューとグラスに注《つ》いだ水を持ってきてくれた。

「鮎の塩焼きと鱧《はも》の落とし一つずつ。冷酒一合お願いします」

晴明の頼んだ酒肴《しゆこう》は、とてもそそる組み合わせだと桃花は思った。昼食を家で食べる予定がなければ、一緒に食べたいくらいだ。

——わたしは普通の人間で未成年だから、お酒の代わりに素麺《そうめん》かな。

桃花は、クリアカップに店名ロゴが入った冷たい煎茶を注文した。抹茶フロートの方が写真映えする、とは思ったが、今は茶の香りや喉越しの快さを味わいたい。

「ご注文承りました。お箸、お二つ持ってまいりましょか？」

さらりとした口調で店員に聞かれ、晴明が即「お願いします」と答えた。

——一口くれるんですか？　やったー。

はしゃぎたいのだが、店員がいるので我慢した。

「晴明さん、ありがとうございます」

「いや」

そっけなく晴明は言い、青葉を映す川面を眺めている。

「寒くないですか？」

「桃花は」

「大丈夫です。涼しくて気持ちいいくらい」

そのまま、二人で貴船川を見ていた。雫龍は時おり晴明の手の甲から出てきて、テラス席の方を見上げたり、飛ぶクロアゲハにつられて首を動かしたりしている。

異変に気づいたのは、肴《さかな》を食べ終えた頃だった。

木漏れ日を浴びる晴明の顔に、血の気が差している。

――見間違いかな。光の加減でそう見えるみたい。

中身が氷だけになったクリアカップを記念撮影し、もう一度晴明を見る。

やはり、赤い。

「晴明さん……？」

川床に手を突いて身を乗りだす。晴明が軽くのけぞる。

「晴明さん、顔が赤いです。まだ一合も飲んでないのに、酔っぱらったんですか？」

そんなはずがない。

酒好きな自分の両親と晴明が飲み交わす姿を、この一年あまりずっと見てきた。晴明はいくら酒を飲んでも、顔は白いままだった。

「とりあえず普通に座れ」

「はい」

乗りだした体を元に戻す。

「どうもいつもと勝手が違う」

「お酒、飲めなくなっちゃったんですか……？」

「一時的に弱くなっただけだ。このだるさ加減は、五升飲んだ時の状態だ」

「日本酒五升は死ぬ量です」

「すでに一度死んだ人間に何を言う」

「冥官《めいかん》になってからでも五升はおかしいですよ。二度目の死を迎えるつもりだったんですか!?」

晴明の琥珀色の目は、いつもより昏《くら》い。様子が違う。

「桃花。君は先に帰れ」

「そんな体調で何言ってるんですか」

「君はご両親と昼食の約束があるだろう。私はどこか人目につかないところで休んでから帰る」

――ちょっと考えてたのと違うけど……実行しちゃえ。

桃花はクリアカップをお盆に戻すと、立ち上がった。

「晴明さん。わたし、お金払ってきますから座っててください」

不服そうな視線が返ってきたので、首を左右に振る。

「今の状態でお金を扱っちゃいけません。小銭を床にばらまいてもいいんですか」

「分かった。すまんが『堀川』の名前で領収証を頼む」

「晴明さん、税務署に何か申告してるんですか？　うちの両親みたいに」

「実は閻魔大王に経費を報告している。これは接待費だな」

――閻魔大王様って、地獄で審判もしてるのに領収証を見る暇あるのかな……。

どこまで冗談なのか分からない。

会計で領収証を受け取って外に出ると、晴明が赤い顔のまま庭に立っていた。

雫龍までぐったりとしているのを見て、桃花は敵意を抱いたことが申し訳なくなる。

――入りこんだ方だって、しんどいよね。

「晴明さん、お待たせしました」

「ああ、ありがとう」

「日傘は」

「要らんと言うのに」

「じゃあ、なるべく日陰を、ゆっくり歩きましょう」

桃花は青楓の下を歩きだす。貴船川の上流、もと来た方角へ。

「そっちは逆だが」

「友だちに聞いた、貴船川の穴場です。運が良ければ貸し切り状態で、川遊びできるところ。晴明さん、人目につかない場所で休むってさっき言いましたよね？」

日傘をたたんで、リュックを開けた。

引きずりだされた物を見て、晴明は目を見開く。

「じゃーん。ご覧の通り、バスタオルです」

「バスタオルだな。ぬいぐるみではなく」

「これで、川に入っても大丈夫。手足拭き放題です」

「川遊びのために持ってきたのか」

「仕事をおろそかにするつもりじゃないですよ」

と、前もって釘《くぎ》を刺しておく。

「晴明さんに、いい休暇を過ごしてほしいからです。だから昨日、学校が終わってから準備しました」

晴明が顔を背けて目頭を押さえる。

泣いている、わけではないようだ。

「変なこと言っちゃいましたか？　わたし」

「変ではない。ただ、また呪をかけられるところだった」

「防衛させてすみません」

雪輪の香立を贈ったことで、自分は意図せずして晴明に呪をかけてしまった。

五芒星《ごぼうせい》の紋を持つ陰陽師・安倍晴明としてではなく、雪輪紋を持つ堀川晴明として現世で暮らすという未来像を体感させた。その予想外の成長に晴明は、桃花を正式に弟子にすると決めたのだ。このままでは悪いあやかしに狙われてしまう、と。

「うっかりしていたんですけど……」

両手を空けるために日傘の柄を首と肩で挟んで、バスタオルをリュックにしまう。

「十五分くらい坂道を上るの、大丈夫ですか？」

「それぐらいは問題ない。逆に」

「逆に？」

「いつもの二割増しの速度で歩くので、桃花が付いてこられるか心配だ」

「育ち盛りだから頑張ります。何で二割増しなんですか？」

「活動量を増やすことで、雫龍を宿している今の環境に慣れたい」

言いながら、晴明は大股に坂を上りはじめた。桃花も精一杯の歩幅で付いていく。

「荒療治が過ぎますよ晴明さん」

「生身の人間と一緒にするな」

競歩のような勢いで、料理屋が並ぶ坂を上る。首筋から胸元に汗が流れて、桃花は（夏が来た）と思った。

貴船神社の本宮を通り過ぎ、結社も横目で見ただけで通過する。奥宮の手前に来ると、二本の杉が根元付近でつながった「相生《あいおい》の杉」があった。

「この相生の杉、ネットで知ったんですけど実物見るとすっごく大きいですね。それにどっちの杉も元気」

「奥宮の境内には、杉と楓が結合した『連理《れんり》の杉』がある」

「ミラクルですねー、全然違う種類の木なのに」

「かなり珍しい現象らしい。それだけに、縁結びの御利益があると信じられている」

「あるんですか？　御利益」

「どうだろうな」

山の尾根が作る影で周囲が薄暗くなる。強くなった水音は、まるで滝の音だ。

「晴明さん。この階段から下りられますよ」

白く光る水がほとばしる。飛沫《しぶき》に打たれてシダの葉が揺れている。

「実はサンダルも買ってきたんです。レッツダイブ」

「川に入るのはダイビングではないな。それより高校生の小遣いでサンダルとは」

「百円均一ですから心配ご無用」

晴明は「現世の物価は時々よく分からん」と言いながら、階段の終わりでサンダルに履き替え、スラックスの裾を折った。

「晴明さん。先に行きますね」

自分用のサンダルを履いて、桃花は貴船川に足を踏み入れた。

ひんやりとした水が足をなでていく。

晴明を見ると、岸辺の石に腰かけて足を流れに浸していた。顔色は先ほどよりも白っぽい。赤みがだんだん落ち着いてきたようだ。

「調子、どうですか？」

「いい空気が流れている。快適だ」

「雫龍様は？」

「大人しくしている。水の影響を受けやすいようだ」

晴明は胸のポケットを探ると、光の欠片《かけら》のような物を取り出した。それが自分の贈った雪輪の香立だと気づき、桃花は思わず晴明に近づく。

――お香立だから、晴明さんの家にあるはず、なんだけど。

銀製の雪輪を通して、晴明は貴船川の景色を眺めているようだ。

「持ち歩いていたんですか、晴明さん」

「堀川晴明の紋だからな」

――答えになっているような、いないような……。

「良い景色だ」

晴明が掲げる銀の雪輪の向こうは、貴船の清流と緑の木々なのだろう。

同じ景色を見たい、と桃花は思う。手招きして、隣に呼んでくれればいいのに、と。

しかし晴明は気持ち良さそうに銀の雪輪をかざし続けていて、邪魔せずに見ていたい、とも思うのだった。

第三十二話・了

第三十三話
天神さんの飲む水は

堀川晴明、体調不良により当分の間禁酒。

その知らせは帰宅後すぐに桃花の両親に伝えられ、衝撃をもって迎えられた。

「気の毒やなぁ。晴明さん、まだ若いのに」

母親の葉子《ようこ》はオクラと豚肉の胡麻《ごま》和《あ》えを作る手を止め、まるで晴明が入院でもしたかのような悲痛な声を出した。

「晴明さん、研究休暇中だろ？　健康診断行ってるのかな」

父親の良介《りょうすけ》も心配そうだ。

「でも、すぐ治るだろうって言ってたよ。疲れがたまったり寝不足だったりするとお酒に弱くなるんだって」

桃花は、帰り道で晴明と打ち合わせした内容を告げた。葉子の混ぜているボウルから漂う、胡麻と醬油《しょうゆ》の香りが食欲をそそる。

「一口もらっていい？」

「待ちや。今、盛りつけたげる」

「しかし残念だな。しばらく晴明さんと晩酌できないのか」

食卓に親子三人の箸を配置しながら、良介が言った。

「お父さん、結構晴明さんとお酒飲むの好きだよね」

「まあ、年下で飲み仲間になってくれる人は貴重だからね。河原町《かわらまち》あたりで、鮎の天ぷらで一緒に一杯やろうかと思ってた」

「鮎だけでも、晴明さん喜ぶと思うよ。今日ね、鮎の塩焼きと鱧の落としを注文してたから」

「そのことだけどね、桃花」

良介の声音が突然いかめしくなる。

「桃花と晴明さんは、二人で貴船川の川床に行ってきたわけだね」

「うん。貴船神社へ行くって、お父さんとお母さんにも言ったと思うけど。どうかしたの？」

葉子は黙ったまま、できあがった胡麻和えや鶏《とり》の柚子胡椒《ゆずこしょう》焼きを配膳している。

「もしかして、晴明さんが未成年同伴なのにお酒を飲んだからって怒ってる？」

「いや、それぐらいで怒ったりはしない」

「じゃあ何」

「お父さんが心配しているのは、桃花が晴明さんを好きになって受験どころじゃなくなることだ」

「あのねえ、おとー……さん？」

桃花もいかめしい声になってしまう。

「わたしは、来年受験生になります。今、恋愛どころではありません」

強く主張したいあまりに、ですます口調になる。葉子はご飯をよそいながら「せやな」と援護射撃をしてくれた。

——今からお父さんと戦う。お手伝いできなくてごめんね、お母さん。

葉子に申し訳なく思いつつ、桃花は続ける。

「第一志望の芸術大学に入るには、画塾で受験勉強することが必要です」

「うん。この間、費用とか、どの画塾にするとか相談してくれたよね」

「画塾に入る時も選考がある、と説明しましたね？」

「桃花なら頑張れば楽勝だから、恋愛する余裕もできちゃうんじゃないかと」

「お父さん、甘いっ。抹茶フロートに黒蜜をかけたぐらい激甘だよ」

無意識に、いつもの口調に戻っていた。

ここは分かってもらわねばならない。

「受験も難関だけど、画塾に入るための選考も難しいんだよ。この間相談した時、言わなかったっけ？」

「聞いたけど、桃花は中学から美術部だから行けると思って」

「そういうレベルの話じゃないよ？　ひいお祖父《じい》さんの代から芸術一家とか、すごい子がいっぱい来るんだから。ああもう、わたしの説明不足だったかなぁ」

ふわりと湯気が舞い、わかめの吸い物の香りが鼻腔《びこう》をくすぐる。

停戦を促すかのごとく、葉子によって昼の食膳が整えられていた。

「ご飯、食べよか。二人とも」

「ありがとう葉子さん」

「ありがとうお母さん」

条件反射のごとく、良介と桃花はシンクに集まって手を洗った。食事の気配を感じ取った三毛猫のミオが、尻尾を立ててキッチンに入ってくる。

「ミオは、もうご飯食べたやろ」

葉子の言葉に「にゃ」と返事をして、ミオは良介の膝に飛び乗った。

「おわっ、テーブルに手をかけるな、ミオ。その鶏肉はお父さんの物だ」

「そんで桃花は、行きたい画塾決まったん？」

もう恋愛の話はお流れとばかりに、葉子が聞いた。

「うん。できれば『一燈画塾《いっとうがじゅく》』がいい。いただきます」

良介もミオを膝に載せたまま「いただきます」と食前の挨拶をする。

「『一燈画塾』さんな。ええんちゃう？　月謝が他と比べて真ん中くらいのとこやな。うちからもまあまあ近い」

「すごい、お母さん。資料も何も見てないのに。覚えてるの？」

「だいたい覚えてるで。娘の将来と我が家の家計がかかってるさかい」

　葉子の顔を見守りながら、良介は黙って鶏の柚子胡椒焼きを口に運んでいる。この件は葉子さんにお任せ、といったところか。

「画塾の選考は、どんな内容やったかな。そこまでは覚えてへん」

「デッサンと小論文と自由課題。その三つが通ったら面接。月謝は真ん中くらいだけど、選考は一番難しそうなの」

　桃花は忘れないうちに「和え物、美味しいよ」と付け加えた。

「おおきに。自由課題て、何するん？」

「将来描きたい物を視野に入れるといいみたい。芸大出身の人がＳＮＳに書いてた」

　母子の会話を、良介は黙って食べながら聞いている。桃花が今、恋愛どころではないと納得してくれたようだ。

　――ほんとは、もっと大変なんだよね。

　京都を守る結界は依然として乱れている。

それを繕う使命を負った晴明は、貴船の神の分身である雫龍を身に宿して本調子ではない。そして弟子である桃花は、晴明の手伝いをせねばならない。

——芸大受験と、陰陽師見習い『結び桜の子』としてのお仕事。

桃花が履いている二足のわらじは、なかなかに重いのだった。

＊

翌朝、自分の部屋で身支度を整えていた桃花は、重大なことに気がついた。

晴明の疲れを和らげる方策を、すっかり失念していた、と。

——わたし、焔糸杉紋《ほむらいとすぎもん》の呪符を描けば良かった！

焔糸杉紋は冬に晴明から教わった呪符で、生命力を付与する働きを持つ。

工程はごく簡単で、懐紙に鉛筆でスペードに似た焔糸杉紋を描く。

いつかも晴明にしたように、懐に一枚忍ばせてやれば役に立ったはずだ。

——なんで忘れるの。弟子失格。

壁に額をつけて、深いため息をつく。

雫龍が晴明の体に入りこんだのが衝撃的だったからか。

晴明を穴場で水遊びさせようという自分の思いつきに夢中だったからか。
――どっちにしてもひどい。弟子失格の汚名を返上しないと。
幾度か深呼吸をして、サイドをアップにした髪に結び桜のかんざしを挿す。
勉強机に着いて、注意深く左右対称の焰糸杉紋を描いた。
今日は授業の予定はないが、晴明に手渡したい。少しでも回復してほしい。
――早く届けたい。電話しても大丈夫かなぁ。
雫龍を身に宿した疲れで、まだ朝寝をしているかもしれない。
呪符を手にしたまま迷っていると、階下でインターフォンが鳴った。
「おおっ、晴明さん、おはよう」
良介の声が聞こえて、桃花はぎくりと身を硬くする。
昨日良介と交わした会話――あるいは戦い――を思い出したのだ。
幸い、階下から聞こえてくる両親の話し声は陽気な調子だ。
晴明も何か話しているようだが、内容が聞き取れない。
――晴明さん、うちに来る予定なかったですよね？　何かあった？
呪符を胸ポケットに入れて階段を駆け下りる。
容態に変化はないか、気にかかって仕方がなかった。

一階に下りると、玄関先で晴明と両親が話しているところだった。

晴明の顔色が明るいのを確かめて、ひとまず安心する。

良介と葉子は取っ手付きの白い紙バッグを覗《のぞ》きこんで、嬉しそうにしている。

「お洒落やなぁ、福岡《ふくおか》の辛子明太子《からしめんたいこ》」

――えっ？　辛子明太子？

良介がこちらを振り返る。

「桃花、階段は静かに下りなさい。危ないから」

「はーい」

汚名返上どころか、晴明の前で注意されてしまった。

「おはようございます、晴明さん」

「おはよう。何か急ぎの用か？」

晴明に聞かれて（呪符ですよっ）と心中で叫ぶ。

「いえ、ちょっと勢いが余って」

「桃花。昨夜《ゆうべ》から、晴明さんのとこにお友だちが泊まってはるんやて。福岡の人」

「友人というか、研究仲間だ。土産に辛子明太子の瓶詰めを持ってきてくれたが、六つはかなわん」

「おおきになぁ。ほんま、今どきのは可愛いねんな」

葉子が紙バッグから取り出したのは、ジャムを思わせる可愛らしい瓶詰めであった。

高級感のあるラベルに「数の子明太子」とある。

「他にも『チーズ明太子』と『バジル明太子』。ワインにもいけるやんっ」

「福岡のメーカーさんは、酒のアテを発明する天才だね」

良介もにこにこしている。

昨日、桃花が晴明に恋するのではないかと危惧していた件などどこ吹く風だ。

——ほんとにお酒が好きなんだから、二人とも。

「そうだ」

晴明が、今思いついた風に言う。

「お二人とも、桃花をお借りしていいだろうか」

「どうしはったん？」

「今からその研究仲間を伏見の御香宮神社《ごこうのみやじんじゃ》に連れていくのだが、秘書の女性に土産を買いたいそうだ。私では勝手が分からん」

「御香宮神社って、どんなところ？」

東京生まれの良介が言い、大阪《おおさか》生まれの葉子が「昔から、ええ香りの水が湧いてるらしい。御香水《ごこうすい》っていう」と教える。

「はい、はい！　行きたいです」

手を挙げた桃花に、晴明が「おお」と小さく応える。

「桃花、伏見に興味あったん？」

葉子は驚いたようだ。一番気になるのは晴明の容態で二番目に気になるのは「研究仲間」なのだが、ここで言うべきなのは三番目だ。

「画塾の選考が難しい話、したでしょう？　普段行かないけど有名な場所……伏見へ行ったらモチーフがはっきりするかも。正直、藁《わら》にもすがる思いだけど……」

話している途中でひらめく。水だ。

昨日行った貴船には水を司るタカオカミノ神がいて、伏見には豊富な水を生かした酒蔵と、スタンプラリーができるほどの名水がある。

「そう、水。伏見の名水を見てみたい。琵琶湖の水や鴨川《かもがわ》の水と、きっと違う」

結び桜の子としての名乗りは、自分を巡る水景に依拠している。

我が海は淡海《おうみ》、我が川は鴨川――と。

「桃花。ええ顔」

葉子が眩《まぶ》しそうな表情で、桃花の両頬に手のひらを寄せる。触れず、ただ手のひらで囲んで守るようにして。

――どうしたの、お母さん。

桃花の幼い頃に「ほっぺ、やぁらかいな」と楽しそうに触れてきた時とは違う。

自身の気持ちを静かに噛《か》みしめるような表情だ。

だから、桃花は黙って母親を見守った。

「桃花はもう、芸術の世界で生きはじめてる」

「うん」

「うちの知らへん世界や。時々、教えてな。桃花の出会った素敵なもの」

「うん」

「桃花、お父さんにも」

辛子明太子の袋を抱えて、良介が言った。

「うん。たくさん勉強して、たくさん描いて、お父さんとお母さんに教える」

抱えた秘密の存在を、桃花はあらためて実感する。

自分は「結び桜の子」で、神とあやかしの世界にも関わっている。

しかし、もう一つの世界を両親と共有できるのだと思うと、嬉しかった。この世にある事物に触れて、何かを感じて表現する営みを、両親に見せられる。

頬を囲んでいた葉子の手が離れた。

「晴明さん、うちの子をよろしくお願いします。福岡のお友だちにもお伝えください」

真摯な、ある種の気概すら感じられる佇《たたず》まいで葉子が言う。晴明が「承知した」と応える。

「友人は庭にいる。紹介したいが」

「ぜひっ」

と言ったのは良介だ。「名刺持ってくる」と居間に飛びこんだが早いか、廊下をすべるような勢いで戻ってきた。

「良介さん、さっき桃花に『階段は静かに』言《ゆ》うてへんかった？」

「ごめん、うちの娘がご一緒するならご挨拶したいから」

桃花は晴明に「これって過保護ですか？」と聞いてしまう。

「子のない独り身に聞かれてもな」

「はい」

晴明の受け答えは「陰陽師・安倍晴明」というより「青年・堀川晴明」そのもので、
桃花は苦笑いした。

「菅原《すがわら》君、ちょっといいか」

いかにも研究仲間を呼ぶ風に、晴明が庭に出る。

柊《ひいらぎ》の生け垣の向こうに、黒い着流し姿の男性が立っていた。

「菅原君」というが、年齢は桃花の両親と同じ四十歳前後に見える。

黒々とした髪は後ろで括《くく》られ、顎髭《あごひげ》は短く整えられている。

「初めまして。堀川君と近い分野を研究しています、菅原と申します」

菅原は、良介、葉子、桃花へ等分に笑顔を振りまいてから挨拶した。冥官だ、と桃花は直感する。

普通の人間とは違う気配、だけが理由ではない。着物の肩に、明らかに人間ではない存在がいたからだ。

中国風のゆったりした衣服と、布の冠をかぶった小さな男性だ。手には花盛りの梅の小枝を持っている。布製の肩掛《かたか》け鞄《かばん》は、京都の和雑貨店でも売っていそうだ。

《朋《とも》有り遠方より来《きた》る、亦《ま》た楽しからずや》

梅の小枝を振って、中国の思想家・孔子《こうし》の言葉を諳《そら》んじてみせる男性は、はっきりと桃花の視線を感じ取ったようであった。

＊

早めに帰宅することを両親と約束して、桃花は家を出た。

紫陽花の咲く坂道を、真ん中に晴明、右側に桃花、左側に菅原、という並びで下っていく。

「真如堂《しんにょどう》に、京の各所につながる通路がある。そこから行こう」

なるほど、晴明の作り上げた秘密の通路ならば、道中で陰陽術関係の話もできる。

「晴明さん。体調は大丈夫ですか？」

「問題ない」

その返答を（本当かな）と疑ってしまうのだが、桃花としては信じるしかない。

「今朝やっと思い出しました。昨日、焔糸杉紋の呪符を描いて晴明さんに渡せばよかったって」

ポケットから呪符を出す。

「いいんだ。ありがとう」

晴明が言い終えた直後、菅原が「すごい」とつぶやく。

「先ほどから、感服しております。晴明様、すっかり好青年ではありませんか」

嫌みのない口調で、菅原が言った。

「弟子と、その両親だからな」

「あのう、もしかして、菅原さんって」

「私ですか？」

《儂《わし》のことでもありますな》

肩に乗った男性が言い、桃花はまばたきする。

「いやはや。間違ってはいない。二人で押しかけたものだから、混乱させてしまったかな」

「いえ……」

「私こと菅原は、晴明公と同じく冥府の官吏です」

「やっぱりそうですよね。もしかして、菅原道真《すがわらのみちざね》さん。学問の神様ですか？」

「いやはや」

照れくさそうに頭をかく姿は、気さくな美術教師、という風情だ。

「『道真』と呼んでくだされば嬉しいです。結び桜のお嬢さん」

「よっ、よろしくお願いいたします、道真さん」

——大人の男の人をファーストネームで呼ぶのって、慣れない。

しかし晴明のことは平気で「晴明さん」と呼んでいるのだから、我ながら奇妙だと思う。

「道真さん。肩に乗っている方はどなたですか？　ずっと気になってるんです」

《ほほほほ》

「これこれ。笑っていては分からないでしょう」

道真がたしなめる。

「桃花。菅原君が言うように、こちらも『菅原道真公』には違いない」

晴明がヒントめいた言い方をしたので、桃花は必死に考える。

「んー、梅の枝を持っているのは、飛梅《とびうめ》伝説からですよね」

道真が「うむうむ、その通り」と声を弾ませる。

飛梅とは、菅原道真に関する有名な伝説だ。謀《はかりごと》により九州の大宰府《だざいふ》に左遷された道真は、自邸の梅の木に歌を詠んだ。

東風《こち》吹かば　匂ひおこせよ　梅の花
あるじなしとて　春な忘れそ

春に東からの風が吹いたら、かぐわしく花開け。主がいないからといって、春を忘れるな、と。

梅の木は道真を慕い、空を飛んで大宰府まで追っていったという。

「梅は、古代に中国大陸から渡ってきたと聞いたことがあります。もしかして、梅の花を持って中国風の格好をしているあなたは、伝説の飛梅さんですかっ？」

「うーん、惜しい」

そう言いつつ、道真はまんざらでもなさそうだ。嬉しそうでもある。

「桃花さん。こちらは、私に関する伝説から生まれた神様です。『唐《とう》に渡る天神』と書いて、渡《と》唐天神《とうてんじん》と」

《ほっほ》

道真の肩で渡唐天神が笑う。梅の香りが漂った。

「道真さんに関する伝説……どんな伝説ですか？」

「ええ、昔々、私が一度死んで、冥官になってからのお話ですが」

どこかナレーション風の語り口で、道真が話し出す。

「私が飛梅のように空を飛んで、中国大陸に渡ったという伝説が生まれたのです。当時の王朝は『宋《そう》』でしたが……」
「日宋貿易《にっそうぼうえき》、学校で習いました。平安時代中頃から鎌倉時代中頃、でしたっけ」
「いかにも、いかにも。その頃生まれた伝説です。私が宋に渡り、当地の禅僧に会って袈裟《けさ》をもらったと」
「だから中国風の格好をしているんですね、渡唐天神様」
《衣装を考えてくれたのは、儂を最初に描いてくれた絵師》
ひらひら、と袖が舞う。絹を思わせる軽やかさだ。
《墨と、伏見の御香水で描いてくれた》
「それで、御香宮神社へ行くんですね」
《さよう。常日頃は道真公とともに九州におるが、久々に我が起源となった水を飲みとうなった。時々飲めば、御香水はこの上ない滋養になる》
ソウルフード兼エナジードリンクといったところだろうか。
「渡唐天神様は、一枚の水墨画から始まったんですね」
《ほっほ。のう、菅公《かんこう》》
と、小さな神は道真に呼びかけた。
《こちらの娘に、渡唐天神図をありったけ見せておくれ。前に集めてくれた》

「はいはい。画像検索のことですね。少々お待ちを」

道真は、肩掛け鞄の中からタブレット端末を取り出して操作を始めた。

どうやら、ネット上で渡唐天神の絵がいくつも見られるらしい。

真如堂へ向かう細い坂道を上ると、青楓がざわめいていた。

ツバメが頭上に飛び交って、今日の天気は上々だと教えてくれる。

「さ、どうぞ。中世から近世まで、渡唐天神の絵を保存してあります。所蔵館は九州国立博物館や京都国立博物館など」

タブレットを見せられた桃花は、外界の青葉の美しさを忘れた。

一言で言えば、同じモチーフをいかにして展開するか、という素晴らしい見本だったのだ。あたかも桜という花を、さまざまな芸術家や意匠家が工夫を凝らして表現したような豪華さがそこにあった。

すべての渡唐天神図は中国風の衣装をまとい、梅の枝を持って立っている。

それだけが決まりごとで、他は作者たちの自由な裁量に任されているようであった。

一筆書きに似た豪放な筆遣いで衣装を描いたものもあり、細い筆で緻密に描写した作品もある。

縦長の絹の下半分は渡唐天神、上半分は漢詩、という構成の作品もある。

「渡唐天神は、日中友好の架け橋となったのです。今で言うマスコットキャラみたいなもので」

真如堂の境内に入る。

いつの間にか、桃花は道真の隣を歩いていた。

初対面の人間でしかも学問の神だというのに、壁を感じない。天神さん、と愛称で呼ばれる存在だからだろうか。

「人気を博した渡唐天神の図像は、やがて航海の御守《おまも》りとなりました。宋の次の王朝、明《みん》の頃の話です」

「日明貿易《にちみんぼうえき》ですね。日本は室町《むろまち》時代だったたって、学校で習いました」

「さよう。室町時代、九淵《きゆうえん》という禅僧が日明貿易に赴く際、一枚の渡唐天神図を御守りとして持っていった」

《建仁寺《けんにんじ》の僧だったのじゃ。無事に帰って建仁寺と南禅寺《なんぜんじ》の住持《じゆうじ》になったのじゃ》

渡唐天神が説明をした。

「住持って、お寺の一番偉い人ですね」

《いかにも。今時の子どもは案外話が通じるのう》

機嫌が良さそうな渡唐天神の腕の中で、梅のつぼみが次々に開いた。

青楓と紫陽花の入り乱れる境内で梅の花を見るのは、奇妙な感覚だ。

――そういえば、晴明さんの使う真如堂の通路、話に聞くだけで見たことない。どんなのだろう、と思いつつ道真の話に耳を傾ける。

「優秀な九淵は、明の禅僧たちに歓迎されたそうです。そこで友好の証《あかし》に、渡唐天神図に漢詩を書き加えてもらった」

「日明貿易ってお金や物のやりとりだけじゃなかったんですね。文化交流もあった」

桃花がしきりに感心していると、晴明が「桃花」と呼んだ。

「はい？」

「禅宗で、人物画の上に書き加える漢詩を何という？」

「ええと」

しばし、砂利を踏む音だけが響く。

「ああ、日本史で習いました！　賛《さん》、です」

「よろしい」

「おお……。晴明公、本当に『家庭教師』なんですな」

「こちらも桃花から現世の習わしを教わっている」

「なるほど。昨夜の物慣れた振る舞いはお弟子のおかげもある、と」

──昨夜、二人でどこかに行ったみたい。

足元の感触が、砂利から敷石に変わる。

「あれ？」

反射的に隣を見る。渡唐天神を肩に乗せた道真。そして晴明。

「ここ、どこですか？」

青楓も紫陽花も真如堂の堂宇もない。

ほの明るく発光する石のトンネルが、真《ま》っ直《す》ぐに続いている。

「桃花を導き入れたのは初めてだったか。これが真如堂の通路だ」

置いていくぞと言わんばかりに、晴明は石造りの通路を歩いていく。

「いやはや。少々風の動きが妙だと思ったら、もう踏みこんでおりました。さすがは晴明公、独自の通い路」

《景観変ずること微風《そよかぜ》のごとし》

道真と渡唐天神はそろって拍手をした。

技巧を凝らした楽器の演奏を聴いたかのようだ。

「こんなシームレスに入れる通路がありますかっ？　わたし、お二人と違って全然気づきませんでしたよ？　砂利の感触がないなと思ったらもうここにいて」

「桃花はまだ陰陽術の経験が浅い。気にするな」

「ううう、千年も陰陽師やってる人に言われるとぐうの音も出ないです……って、待ってください」

「ぐうの音以外も出ている」

「晴明さん、今はタカオカミノ神様の分身を、雫龍様を身に宿していて本調子じゃないんですよね？」

「昨日よりはいい。一合飲めた」

「飲んだんですかっ？　昨日、二口くらいで顔を赤くしてたのにっ」

「本調子でないのは確かだ」

「いやはや、その件ですが私、昨夕から祇園《ぎおん》で晴明公とご一緒しまして」

「まさか、祇園で舞妓《まいこ》さん芸妓《げいこ》さんと宴会を？」

想像をそのまま口に出した桃花に、晴明が「しない」と言った。

「そうですよお嬢さん。仕事で京都に来てお茶屋遊びなどしていたら私、秘書に申し訳ない……いや、そうではなく。昨夕晴明公は、雫龍をいかにして育成するか仮説と検証を行ったのです」

「仮説と検証って、実験みたいな……」

「その通り、実験だった」

晴明が腕を伸ばすと、真珠めいた光沢が肩から手首にかけてゆらめいた。雫龍だ。

「雫龍様、大きくなってる？」

「制御もしやすくなったそうです。晴明公の仮説は正しかったわけです」

「いったい、どんな仮説を……？」

「簡単だ」

袖がはためいて、雫龍が白い手の中に潜りこんでいく。

「雫龍は、タカオカミノ神の分身。ならば、雫龍を宿した私がタカオカミノ神と同じ役割を果たせば、雫龍を育てる良きゆりかごになる」

「晴明さんが、水の神様と同じことをするんですね」

「私が人と水との縁を結べば、タカオカミノ神の役割を果たしていることになる」

「なるほど……でも、どうやって？」

「まず、祇園の大きな土産物屋へ行って水を買った」

「お土産屋さんの水？　あっ、京都の天然水ですね」

確かに、四条通《しじょうどおり》沿いに間口の広い土産物屋がある。

京都で採水されたペットボトル入りの天然水も何種か売られているはずだ。

「鞍馬の水、愛宕《あたご》の水、琵琶湖疏水《そすい》の水と三種類あったので一本ずつ買ってみた」

「店員が、晴明公に見とれておりましたな」

道真の小声に、桃花も小さく「よくあるんですよ」と返した。

「会計を終えると雫龍が少し大きくなって、体が楽になった。これはどうやら行ける、と考えてさらに二本ずつ買った」

《店の娘たちが、見とれながら笑っておった。水ばかり買う者は珍しいのであろう》

渡唐天神も様子を見ていたようだ。

「すると、また雫龍が大きくなり、さらに体が楽になってきた」

「まさか晴明さん、そのままお店の水を買い占めちゃったんですか？」

「そんな迷惑行為はしない」

「買うのはそれでおしまいでしたな。後がまあ、私も驚きました」

道真が、何かを思い出す風に顎髭をなでる。

「祇園や木屋町《きやまち》を歩き回って、あんなことをなさるとは」

《徳の高い行いじゃった》

道真と渡唐天神は、感じ入っている。

「晴明さん、木屋町って飲み屋街でしょう？　何してたんですか？」

「酔っ払いを探した」

――ん？　そりゃ、いるでしょうけど。なぜ？

歩く晴明の背中を眺めつつ、桃花は考えこむ。

――買いこんだ天然水。そして飲み屋街で酔っ払いを探す。

酔っ払いといえば、両親の姿が思い浮かぶ。

晩酌の締めに「水がおいしいわぁ」と嘆じる葉子。茶碗《ちゃわん》の水を飲み干して「酔《よ》い醒《ざ》めの水が最も甘露なり」と川柳を詠む良介。

「分かりました。酔っ払いにお水を配ったんですね」

「鋭いな、桃花」

晴明が足を止めて振り向いた。

琥珀色の目を見張り、少なからず驚いているようだ。

「分かっちゃいました。飲んべえの父と母のおかげで」

桃花の言葉を聞いて晴明は前を向き、肩を揺らした。歩きながら笑っている。

――やっぱりうちの両親のこと、けっこう好きですよね。

「ご両親は分かっている。酔い醒めの水は美味《うま》い」

「諺《ことわざ》にも、『酔い醒めの水は甘露の味』と言いますからな」

道真が学問の神様らしい補足をつけた。渡唐天神も、

《この国の古川柳にも『酔い覚めの水千両と値が決まり』と言うのじゃ》

と補足した。良介の川柳には複数の出典があったらしい。

「でも晴明さん、酔っ払いをどうやって探したんですか」

まさか、飲み屋に一軒一軒入るわけではないだろう。

「簡単だ。木屋町の川のほとりでうずくまっている者、独り言をこぼしながら歩いている者、千鳥足になっている者を探せばいい。匂いでも分かる」

「えー。嗅いで楽しい匂いじゃなさそう」

桃花は何とも言えぬ声を出した。他人の体臭を感じ取って近づいていく晴明、という絵面が楽しくない。

「香水のたぐいと一緒にするな」

「そりゃそうですけど。で、京都の天然水を一本一本、酔っ払いに配って回ったんですね」

「ああ。次第に雫龍が大きくなっていくのが面白かった」

——ちょっと見てみたかった。

高校生なので飲み屋街にはついて行けないが、大人になったら必ず、と思う。

「でも、不審に思う人もいたんじゃないですか？　『見知らぬおにいさんがいきなり水をくれるなんて、やばい商売の勧誘かも』って」

酔いで判断力が落ちるとしても、中には疑う者もいたはずだ。

「桃花も、人を疑うことを覚えたな」

晴明は感慨深そうだ。

出会ってすぐに晴明を陰陽師だと信じた十五歳の自分を思い出し、桃花はくすぐったい気分になる。

「おりましたな。『こんないい水くれるの？』とぎょっとしていた年配の酔漢が」

《あの時の晴明公の言いようは傑作じゃった》

「いやはやまったく。斯様《かよう》に現世慣れしておられるとは」

思い出し笑いを交えて、道真と渡唐天神が言い交わす。

「どんな技を使ったんですか、晴明さん」

「大したことではない。『勤め先の株主総会のために焼き菓子と水を買ったが、うっかり水だけ余ってしまった』と」

「株主総会……。わたしは教えてないですよ？」

株式会社の株の保有者——投資家たちが集まって経営者側と話し合う株主総会。

高校で習ったが、そこまで現代社会について晴明に教えた記憶がない。

「桃花の父上と飲んでいる時、教わった。『六月は株主総会の季節。そのために高級な土産を買っておく』と」

「お父さん、有能」

「あの酔漢、信じておりましたなぁ。『大変やなぁ、会社の名前は聞かへんよ』と」

「いい酔っ払いですね？」

「だが、桃花は酔っ払いに近づかないように」

すかさず晴明が釘を刺した。「分かってます」と桃花は返す。過保護だ。

「とにかく、雫龍様を制御して育てる方法は分かりました。晴明さんが人と水との縁を結んで、タカオカミノ神と同じ役割をすればいいんですね」

「そうだ。時が実れば雫龍は地下深くに潜り、水脈の乱れを糺《ただ》す」

糺す、という晴明の声に呼応したかのように、朱色の光がひらめく。

石造りの通路は消えて、代わりに朱色の木材がひしめいている。

足元だけは石畳で、遠くに黒い灯籠が下がっている。

朱に塗られた木材の正体は、鳥居であった。

晴明の背丈よりもやや高い鳥居が、壁となり天井となって続いている。

「ここどこなんですか？」

「伏見《ふしみ》稲荷《いなり》の境内。奥の院へ続く千本鳥居だ」

電車に乗ったわけでもないのに、ずいぶんと早く着いたものだ。

「晴明公、なぜ伏見稲荷に？」

「伏見の水を汲む前に、伏見の稲荷神に挨拶する」

「なるほど」

――伏見稲荷って、日本全国の稲荷社の大元だよね。

怖い神様だったらどうしよう、と懸念が頭をかすめた。

――でも。わたしはもう、普通の高校生じゃない。

髪のかんざしに触れて心を決める。『結び桜の子』としては、今まで出逢った神々と同じように接するだけだ。

「人、いないですね……」

鳥居の隙間から木立を見る。

伏見稲荷は著名な観光地でもあるのだが、あたりは森閑としてひと気もない。

「千本鳥居には、人の入れぬ領域もある」

晴明が足を止めて前方を見る。

近づいてくる白い影には、縦長の耳と揺れる尻尾があった。

純白の狐だ。しかしあまりにも大きい。

背に人を乗せている。白い狩衣姿《かりぎぬすがた》の、胸元や体つきからして女性らしい。

《や、伏見の稲荷神じゃ》

渡唐天神が道真の肩から飛び降りて、深々と礼をする。晴明、道真、桃花もそれに倣った。

「久しいなぁ。渡唐天神も、晴明公も、道真公も。楽にしてや」

狐に乗った女——伏見の稲荷神は一同を見渡した。

桃花に目をとめて、不思議そうな顔をする。

挨拶しなければ、と桃花は口上を述べる。

「お初にお目にかかります。陰陽師・安倍晴明の弟子、糸野《いとの》桃花と申します。以後お見知りおきくださいませ」

「晴明公から話は聞いてるえ。『結び桜の子』やな」

「はいっ」

返事をした桃花に「うむ」と返して、伏見の稲荷神は白狐から降りる。

「今の晴明公には、枷《かせ》が多いようやな」

白い狩衣姿が、晴明の正面に立つ。

「まだ十八にもならぬ乙女子《おとめご》の弟子。冥官の部下たち。そして、身に宿したタカオカミノ神の分身」

「分かっている。今日は御香宮神社へ行く前に、対策を相談に来た」

「何え？　対策て」

伏見の稲荷神は渡唐天神を抱き上げて、道真の肩に戻してやっている。

「京の結界のほつれを繕うため、冥官・菅原道真を西陣《にしじん》に配置する」

「なんと、聞いていませんが？　いやはや」

道真は賛意を示さぬものの、声音は平静を保っている。晴明の『対策』をある程度予想していた風だ。

一方、渡唐天神は肩から落ちそうなほどあたふたと首を上下左右に巡らせている。

《困る。困《こう》ずること山のごとしじゃ。道真公の伝説から生まれた儂が道真公から離れたら、この世から消えてしまうかもしれぬ》

――大変。晴明さん、駄目ですよ。

桃花がすがるような視線を向けても、晴明は小さく首を左右に振るだけだ。

「ええかげん、独り立ちしよし。渡唐天神」

伏見の稲荷神が言うと、渡唐天神はますます声を荒げた。
《昔とは違う。今は渡唐天神図を描く者も少のうなって、儂の力は弱まっておる。見よ》
渡唐天神が、肩にかけた布鞄を叩く。
《本来の儂ならば、この中に短刀を携えておったのじゃ。北野天満宮《きたのてんまんぐう》に収められておるのと同じ、渡唐天神図を彫り込んだ短刀を》
——そういう所蔵品もあるんだ。
神も交えて利害の対立する話をしているのに、桃花はつい美術品への興味が湧いてしまう。
《とにかく儂は嫌じゃ。道真公はどうじゃ》
耳元で騒ぐ渡唐天神に、道真は「いやはや。そうはおっしゃいますが」と返す。
「私としては、渡唐天神様が一人でどこへでも行ける方が喜ばしいですよ」
《しかし……》
肩を落とした渡唐天神を手のひらに載せ、道真は苦笑している。
草の揺れる音とともに、ささやき声が聞こえてきた。
「珍しい神さまやぁ」

「ととう天神さまやてぇ」

白く小さな狐が、伏見の稲荷神の足元に二匹、三匹と集まってくる。

「小さい神さまや、遊んでええの？」

《待て待て、今、儂はそれどころではない。なぜ遊び相手と思うのじゃ》

「悪う思わんといてや、渡唐天神。生まれたての神狐《しんこ》はおぬしが珍しゅうてたまらんらしいわ」

「いやはや。ご要請はお聞きしたことですし、ここいらで失礼いたしましょうか。晴明公も、桃花さんも」

へそを曲げている渡唐天神を肩に載せ、道真は両手のひらを天に向けた。

詠唱が、千本鳥居の中に響き渡る。

このたびは　幣《ぬさ》もとりあへず　手向山《たむけやま》
紅葉《もみじ》の錦　神のまにまに

千本鳥居の朱色が、より深い赤に変わった——と桃花が感じた刹那、周囲に紅葉が広がった。舞う紅葉が桃花を、晴明を取り巻いた。

「せ、晴明さん。何ですかこれ」

「道真公の術だ。幼い神狐から逃げるために」

「晴明公、逃げるだなんて人聞きの悪い」

紅葉の渦を掻き分けるようにして、道真の黒い着物姿が現れた。肩には渡唐天神がしがみついている。

「褒め言葉だ、道真公。この場合、逃げるのが最も無難だからな。さすが別格にして無位の冥官」

「いやはや」

紅葉の波が穏やかになる。

「死後、天神とされたゆえに別格。死後、怨霊と称されたゆえに無位。落ち着かぬ地位ではあります」

「そんな……すごい人なんですね」

桃花は舞う紅葉に手をかざしてみる。

幻術の一種なのだろう、触れることはできない。

「小倉百人一首《おぐらひゃくにんいっしゅ》に入っている和歌が、こういう大きな術になるなんて」

「ご存じでしたか」

「有名ですもん。『このたびの帝の行幸では、神に捧げる幣を持参することができませんでした。せめて、紅葉の錦を神の心のままになさってください』っていう歌」

紅葉の数が減っていく。

ほの明るく光る石の通路が現れて、晴明が「戻ってきたな」とつぶやいた。

「このまま、御香宮神社へ行こう。また生まれたての神狐がついてきてはかなわん」

「御意」

《感謝深甚なり》

二人の「天神」は、晴明に深々と頭を下げた。

*

緑の生け垣を抜けると、大きな石の鳥居があった。両端を角のように跳ね上げて、牛の角を思わせる。

日曜日だからか、人が多い。

水筒を持った参拝客がちらほらと目につく。桃花は事前に読んでおいた観光ガイドを思い出した。

八坂神社《やさかじんじゃ》が祇園で「八坂さん」と呼ばれ親しまれているように、御香宮神社は地元の伏見で「ごこんさん」という愛称で呼ばれている。境内に湧く水「御香水」は霊力を宿す水と言われ、汲みに来る人々が後を絶たないという。

「水筒は買い求めておきました。少ないですがお弟子さんの分まで汲めますよ」

道真が懐から、意外なほど大きな水筒を出した。容量はコップ三杯程度だろうか。

「ありがとうございます。どうやってしまってたんですか？」

「そこは冥府の秘密です」

「用意がいいな、道真公」

晴明が巾着から出したのは、赤い漆塗りの酒杯であった。

「赤い酒器も持ってたんですね、晴明さん。黒っぽいのや染め付けばかりだと思ってました」

「渡唐天神に使ってもらうのだから、神事にふさわしい品をと思ってな」

《気遣い、有り難し》

伏見稲荷では驚き慌てていた渡唐天神だが、今はもう穏やかだ。自分を初めて描いたのが御香水を使った水墨画なので、安らぐのだろう。

御手洗《みたらし》で清めを済ませて、本殿に参拝する。渡唐天神は道真の肩で、手を合わせて

《我が母なる水、永遠に清くありますよう》と祈りの言葉をつぶやいていた。

——何とかしてあげられればいいのに。

かと言って、桃花にできる手立てはなさそうだ。晴明と道真の後について、御香水を汲む行列に並ぶほかない。

「渡唐天神。うちの弟子の強みだが」

順番を待っている間に、晴明が道真の肩に向かって話しかける。

《何じゃろうか》

渡唐天神にきょとんと見つめられ、桃花は面映ゆかった。自分の強みについては三月の狐の嫁入りで聞いているのだが照れくさい。

「この娘は世界への信頼と、芽吹きのように力強い木気《もっき》を備えている。今使える呪符は二枚だけだが、それぞれ桃と糸杉にまつわるものだ」

《ほう……》

木気とは、陰陽五行説《いんようごぎょうせつ》における世界の構成要素の一つだ。木・火・土・金・水を合わせて五行と呼ぶ。

「そして木気は、水気《すいき》によって力を得る。陰陽五行で言う『水生木《すいしょうもく》』だ」

自然界における、草木と水の関係だ。水があるからこそ、植物は芽吹き、育つことができる。

《ほうほう。つまりこのお弟子殿は御香水で力をより良く伸ばせると》

——やった。ただ付いてきただけなのに、力をいただいちゃっていいのかな？

大事な話を邪魔しないよう、桃花は心の中で浮かれたり心配したりした。

「そこでだ。桃花の手のひらに載って、桃花と同調しながら御香水を飲んでみないか。渡唐天神」

「おお。お願いできればありがたい」

道真が言い、晴明が桃花を見る。

「頼めるか、桃花」

「もちろん。何か力になれないかって、思ってたところです」

桃花が左手を差し出すと、渡唐天神は《ほっ》とかけ声を発して飛び乗ってきた。

行列が進んで、ちょうど桃花たちの番になる。二本の竹筒から流れる御香水の一方を、晴明が酒杯で汲んだ。

「さあ」

晴明が桃花の手のひらに向かって酒杯を傾ける。それを抱えるようにして、渡唐天神は少しずつ飲み干した。腰に差してあった梅の枝から、次々に花が咲きこぼれる。

――花が咲いても咲いても終わらない。

まるで、御香水に無限の力をもらったかのようだ。渡唐天神を手のひらに載せている桃花も、力を得ている感覚がある。

――これが、同調ってことかな。

道真が水筒に水を汲んでいる。晴明は二杯目を汲んで、一息にあおっていた。

「晴明さん、わたしも」

「回し飲みになる」

――晴明さんと渡唐天神様は回し飲みしたじゃないですか。

と思うのだが、道真に水筒の水をもらえば良いか、と断念する。それに後ろにまだ人が並んでいる。

「どうですか、渡唐天神」

列から離れて、道真が桃花の手を覗き込む。渡唐天神は、肩の袋を抱きしめて震えていた。

――ど、どうしたんですか。

《戻ってきた。渡唐天神の刀が、戻ってきおった》

渡唐天神が開いた袋から、青い下げ緒をつけた短刀が現れた。

《北野天満宮に収められた、儂を彫り込んだ短刀。これがあれば、儂は一人で博多《はかた》に帰れる》

桃花の手からぴょんと跳ねて、渡唐天神は道真の肩に戻った。

《ありがとう、晴明公。ありがとう、結び桜の子》

境内に舞う青葉の匂いに、咲き乱れる梅の香りが混じる。

晴明の身に寄り添う雫龍は、首から腰へ届くほど大きく成長していた。

第三十三話・了

第三十四話
梶の葉祈願

地下通路に戻ると、道真は酒屋の袋を抱えて鼻歌を歌いだした。

袋の中身は、秘書への土産の柚子梅酒だ。

御香宮神社からの帰りに、商店街の大きな酒屋で購入した。

箱に書かれた説明によると、「和歌山《わかやま》産の梅と京都・水尾《みずお》産の柚子、伏見の名水で造られた爽やかな柚子梅酒」とのことである。

——恥ずかしかったなぁ、お店の人や他のお客さんに注目されて。

鼻歌を聞きながら、桃花は酒屋での様子を思い出して顔を熱くした。

試飲もできる数百種の酒に囲まれて、桃花はつい晴明に向かって「うちの両親が喜びそうです！」と結構な声量で口走ってしまった。

その時点で何人かの視線が集中して（やっちゃった）と思った。

さらに、店内を見回した晴明が「一升瓶が少ない」と言ったので、他の客から「イケメン酒豪や」とつぶやきが漏れた。

晴明が「試飲は何杯までできますか」と店員に聞いた時、桃花の恥ずかしさは最高潮に達した。道真が「一杯だけにしましょうか」と割って入ってくれたので、桃花としては非常に助かった。

そのお礼というわけではないが、「秘書は果物が好きなんですよ」と言う道真に、桃花は水尾の名産品である柚子を用いた梅酒を勧めたのだった。

博多帯締め　筑前絞《ちくぜんしぼ》り
歩む姿が　柳腰……

道真の鼻歌は、いつしか歌詞付きの歌に代わっていた。

「博多節《はかたぶし》か」

晴明が言った。名前からすると、博多の民謡らしい。

「いやはや、お粗末様です。試飲一杯で上機嫌、白楽天《はくらくてん》の足元にも及ばない」

酒を愛した唐の詩人を引き合いに出して、道真は恐縮してみせた。

「それにしても、桃花さんのおかげで良い土産が買えました」

「お役に立てて嬉しいです。お酒のことはよく知らないですけど」

「水尾が柚子の産地だと指摘してくださって、助かりました」

「えっ？　道真さんの方が京都に詳しいんじゃ……」

「いえね、あの里で柚子の栽培が盛んになったのは私の死後なもので。すっかり忘れておりましたよ」

「あ……平安初期の清和《せいわ》天皇が水尾の柚子を好んだって聞いたことがあるので。でも栽培が盛んかは別ですよね」

「水尾の里人が悲しみますな。名産だと覚えておかねば」

道真は苦笑した。渡唐天神は疲れてしまったのか、腰の巾着から首だけ出してすやすやと眠っている。前を歩く晴明は、店でちゃっかり試飲をしたというのに首筋は真っ白なままだ。

――昨夜の『祇園・木屋町縁結びツアー』で、だいぶ回復してきたんだ。

師の努力に、こっそり妙な名前をつけてみる。

はるばる博多からやってきたというのに付き合わされた道真は大変そうだ、とも思う。おまけに今日は渡唐天神を御香宮神社に連れてきて秘書への手土産も買うのだから、人のために一生懸命働いてしまう性分なのかもしれない。

――こういう人の秘書になったら、忙しいだろうけどやり甲斐《がい》がありそう。

「そうだ、柚子梅酒は九州の魚料理と合いそうです。たとえば、ごま鯖《さば》」

「ごま鯖とは」

「どんな料理ですか？」

晴明と桃花がほぼ同時に問いかけたので、道真は噴きだした。

「いや失敬。テイクアウトもできる、福岡の名物です。新鮮な鯖の刺身を、ごまなどの薬味と醬油ダレでいただく」

「素敵なマリアージュです……！　タレと薬味と柚子と梅が香りますね」

「桃花は酒豪になりそうだ」

晴明が憂鬱げに言った。

この人に言われたくない、と桃花は思う。

「博多名物で言うと、鉄鍋餃子《てつなべぎょうざ》や鶏皮串《とりかわぐし》も『マリアージュ』候補ですな」

「名前だけですでに、おいしそうです」

陶然とする桃花に、道真は博多名物の数々を教えてくれた。

軟らかな博多うどん、鶏の旨味《うまみ》が沁《し》みる水炊《みずた》き、澄んだスープのもつ鍋《なべ》。

「詳しい。道真さん、とっても博多が好きなんですね」

道真が桃花の顔を見て「えっ」と言う。

「……あ、あっ！　すみません！」

桃花は自分の失言に気づき、即座に謝った。

菅原道真は、優秀だったために嫉視の的となり、讒言《ざんげん》によって九州の大宰府に左遷されたのだ。

「何を謝るんです？」

「歴史や古典で習ったからです。大宰府に送られてそちらで亡くなって、宮中に雷が落ちて人が亡くなって、それが怨霊となった道真さんの仕業だと言われた話。そこから、道真さんが天神と呼ばれるようになった話。すみません、気が回らなくて」

「ああ、なるほど。いやはや。例の、私が怨霊になったという伝承ですな」

「すまん、道真公。その件は教科書通りの内容しか教えていない」

晴明が言い、道真が「いえいえ、とんでもない」と返す。

「桃花さんは高校生ですからね。まずは教科書通りの内容を覚えないと」

道真は気を悪くしてはいないようだ。

「私は大宰府に左遷されましたが、怨霊になるほどの悲嘆はしていなかったのです。嘆いても仕方ない、と」

伝説とはまったく違う道真の語りに、桃花は「はい」と相槌《あいづち》を打つ。

「私が、遣唐使《けんとうし》の休止を進言した話は学校で習いましたか？」

「はい。当時の中国……唐の勢いが衰えているので、いったん休止しましょう、と道真さんが提案して容《い》れられた後、唐が滅びたんですよね」

「そう。先見の明があったと評してくださる方々もおられましたが、それに対する妬みそねみも受けました」

「ひどい、ですよね。道真さんは、わざわざ危険な航海をすることはない、と進言したわけで」

「お気遣いありがとうございます。当時の都人もそう感じてくれたからこそ、私は人々の語りの中で怨霊となったのでしょう」

――人望を集めたけれど、競争相手には憎まれる人だったのかな。篁《たかむら》さんみたいに。

桃花は、同じく冥官である小野篁《おののたかむら》を思い出した。

私立図書館を営む黒髪の青年は、千二百年前には嵯峨帝《さがてい》に仕える文人だった。遣唐使副使に選ばれたものの、故障した船を押しつけられたことに異議を申し立て、嵯峨帝を批判する漢詩を広めて隠岐《おき》に流罪となった。

しかし二年もせぬうちに都へ呼び戻されたのだから、その名声と実力は無視できないものだったのだろう。

「大宰府は、悪くない場所でしたよ。異国からの使者を受け入れてきた場所、異国からの文物が集まる場所でしたから」

「それで道真公は、現代博多の辛子明太子をいたく愛好するに至ったわけだ」

晴明はそう言ってから「酒の肴にするのが楽しみだ」と付け加えた。

「酒の肴だけでなく、博多は菓子も逸品ぞろいですよ」

「お菓子も？」

「バターの香る洋風饅頭《まんじゅう》、京都とは微妙に味わいの違う麩《ふ》饅頭《まんじゅう》、他にも色々と」

「すぐにでも、博多へ行きたくなってきました」

桃花の食いつきぶりに、道真が破顔する。

「大人になったら博多へいらっしゃい。……いや、『いらっしゃい』？　その頃私は、博多に戻れているんでしょうか、晴明公」

問う道真は真顔になっていた。

「正直な話、見通しが立たない」

晴明の答えは身も蓋もない。道真が諦めた風に「ああ」とつぶやく。

「結界を繕うのに何年かかるか……或《ある》いは、伏見の稲荷神が『安倍晴明一人に任せる』と認めるまで何年かかるか」

伏見の稲荷神と晴明は、どういう力関係なのだろう。

疑問は脇に置いて、桃花は「あのう」と話しかける。

「僭越《せんえつ》ですけれど、私が陰陽師として一人前になれば、道真さんは博多に帰れるんじゃないでしょうか」

「お心遣い、ありがたい」

道真はそう応じてくれたが、晴明はため息をついた。

「桃花はまず、芸大生になり社会人になりなさい。見習い陰陽師ならともかく、一人前の陰陽師になるのは後回しでいい」

「はい。……あっ、社会人になってからって、だいぶ先になっちゃう……」

思わず道真を見る。

「いいんですよ、桃花さん。お気になさらず」

道真は大らかな笑みで言った。

「よくよく考えれば、我らが大先輩たる小野篁卿《きょう》は、四十を超えてから文人と冥官の二足の草鞋《わらじ》を履いたはず」

「しじゅう……うちの両親くらいの歳《とし》です」

気が遠くなりそうなほど先だ。その時自分は何を生業《なりわい》にしているのだろう。

「ひとまず今日中に博多に帰って、秘書に報告するとします。渡唐天神も、送り届けて差し上げないと」

「そうだな。道真公の京都での居場所も見繕っておく」

「西側ですね。どうぞよろしくお願いします」

――西と言えば、西陣に茜《あかね》さんがいる。

冥官として晴明や篁よりも長く活動しているという、着物姿の美女を思い出す。

西陣で「かんざし　六花《りっか》」を営む茜は、花街《かがい》や東山《ひがしやま》の寺院にも顔が利くらしい。

京都での暮らし方を色々教えてくれそうだ。

道真への信仰が息づく北野天満宮も、西陣に位置している。

――急な転勤は大変ですけど、京都できっと楽しいことにも出会えますよ。

慰めの言葉が浮かんだが、口に出して伝えようとは思わなかった。

もし自分が突然家族や晴明と離れることになったら、誰かからの慰めの言葉などきっと耳に入らない。

＊

翌日、桃花は美術部での活動を終えると、まっすぐ晴明の家に向かった。

道真の転勤がいつ終わるのか明言できなかった晴明は、上官として多少落ち込んでいるだろうと予想したからだ。

――新作の下絵を見れば、気が紛れるかも。先生だもん。

今までの自分の作品とはひと味違う。一刻も早く、晴明に見せて驚かせたい。

生け垣越しに見慣れた縁側を見れば、簾がかかっている。今年もまた、初夏のしつらえになったのだ。

「おじゃましまーす」

玄関を開けると、和室から板の間へ瑠璃が飛び出してきた。

ネズミのぬいぐるみをくわえたまま寝転がり、後ろ足で連打している。

晴明はまた、新しい猫用おもちゃを買ってやったらしい。

「元気だねえ、瑠璃ちゃん。双葉君と遊んでたの？」

「お帰り。双葉がどうかしたか？」

襖《ふすま》の陰から現れたのは、浴衣姿の晴明だった。藍色に白の波文様《なみもんよう》が目に涼しい。手には、赤い猫じゃらしがあった。

「こんにちは晴明さん。瑠璃ちゃんがおもちゃをくわえているから、双葉君と遊んでいるのかと思って」

「瑠璃と遊んでいたのは私だが」

「えっ」

立ち尽くす桃花に、晴明は赤い猫じゃらしを振ってみせる。

「猫じゃらしとぬいぐるみで瑠璃をじゃらしていたら、ぬいぐるみだけ持っていってしまった」

桃花の足元に寝転がった瑠璃は、ぬいぐるみに噛みついて身をよじっている。

「瑠璃ちゃん、一点豪華主義ですね……」

猫じゃらしとぬいぐるみを持って瑠璃と遊んでいる晴明を想像して、桃花は（大変な事態が起きている）と思った。

――いつもの晴明さんなら、お仕事の後もっとだるそうにしてるのに。

昨日は雫龍を宿した状態で御香宮神社まで行ったのだから、疲れているはずだ。にもかかわらず、おもちゃを二つも駆使して瑠璃と戯れているとは。

「晴明さん、大丈夫ですか？」

「相変わらず本調子ではない。それより、見ろ」

ぬいぐるみごと瑠璃を抱き上げると、晴明は和室へいざなった。

三枚並べた座布団の上でだらりと伸びているのは、雫龍だ。

「晴明さんの体から、離れてる！　どうしちゃったんですか？」

「育成が順調な証拠だ」

瑠璃を抱えて、晴明が和室の隅に座る。動物園の生き物をガラス越しに観察する時の距離感だ。

「どうしてですか？」

「私から離れられるほど力をつけてきたのだから、良い兆しだ。最終的には、雫龍を式神のように使役して地下水脈へと潜らせるわけだからな」

相槌を打ちながら、桃花は晴明の両腕から目を離せない。瑠璃を両手でなでているのだが、手つきが普段よりもしつこい。桃花は寂しい時や疲れている時、三毛猫のミオにぴったりくっつきたくなる。晴明も今、そんな気持ちなのだろうか。

——お顔はいつもと同じ風だけど。

「順調なら、良かったです。昨日御香宮神社で渡唐天神様に名水を飲ませたのが効いたんでしょうか？　あの場合、人じゃなくて神様と水の縁で」

「御香水も効いたのだろうが、決め手は昨夜の歌だった」

「歌？」

桃花は少し迷った後、晴明の隣に腰を下ろした。主の両手を独り占めしている瑠璃が、あまりにも幸せそうなので気が引けたのだ。

「ごめんね瑠璃ちゃん。かわいがってもらってるとこ、失礼します」

瑠璃が青い目を細めた。（苦しゅうないぞ、近《ちこ》う寄れ）といった風情だ。

くもない。

「晴明さん、昨夜歌ってましたか？　うちからは聞こえなかったです」

「大声で歌ったわけではない。子守唄の代わりだ」

「子守唄」

桃花は雫龍に目を向けた。育成真っ最中なのだから、育ち盛りの子、と表現できな

くもない。

「昨夜、寝ようとしたら雫龍が暴れてな。棚から本が何冊か落ちた」

「ああ……」

あまり思い出したくないだろうと考え、桃花は簡単な相槌を打つにとどめた。

「そこで、水に関わる歌でなだめてみるのはどうか、と考えてみた」

「どんな歌ですか？」

「催馬楽《さいばら》と、万葉集《まんようしゅう》の歌だ」

「さいばら……催馬楽、名前だけは知ってます！」

めったに聞かぬ語句で少々驚いたが、日本史で習った記憶がある。

「平安時代のとこで出てきましたよね」

「内容は覚えているか？」

教師らしく、晴明は問うてきた。

「元は民衆の歌で、宮中に取り入れられて和楽器の演奏付きで楽しまれた歌謡！」

「よろしい」

「用語の意味だけは教科書でざっと読んだので覚えてますけど、具体的にどんなのかは知らないです」

「では、『走井《はしりい》』という曲名も知らないか」

初めて聞く名前ではない。

「『走井』、地名ですよね。逢坂《おうさか》の関《せき》にあるって聞いたことがあります」

「よく覚えているな。だが、もともとは固有名詞ではなく普通名詞だ。勢いよく流れる水が井戸のように湧き出る場所」

「ああ、清い水が湧いてるから清水《きよみず》、みたいな」

「歌おうか」

「ぜひ！　水が主人公の歌ですね」

桃花の言いように、晴明は首をひねる。

「主人公かどうかは知らないが。走井に生える萱《かや》を刈るという内容だ」

「かやぶき屋根のかやですか？」

「そうだ。ススキやスゲ、チガヤなど、屋根を葺《ふ》くのに用いる植物の総称」

「カヤって名前の植物があるのかと思ってました……」

「日本画の題材になりそうだな」

瑠璃を膝から下ろすと、低く伸びやかに晴明は歌いはじめた。

走井の　小萱《おがや》刈りおさめ
カケ　それにこそ
繭つくらせて　糸ひきなさめ

——刈った萱で、お蚕さんに繭を作ってもらうんだ！

人に飼い慣らされることで生きながらえている、哀《かな》しい生き物を思い出す。去年の秋に、蚕の精を癒やす月の女神・嫦娥《じょうが》に出逢ったのだ。

——流れる水のしぶきも白、お蚕さんの糸も白。

質の異なる二つの美しい白が、桃花の心を捉える。貴船からやってきた雫龍の心も、この歌に癒やされたのだろう。

「桃花？　歌はこれで終わりだが」

「あ、ぼうっとしちゃいました」

晴明の隣では瑠璃がくったりと身を伸ばしていて、寝かしつけられたかのようだ。雫龍も静かに横たわっている。

「途中で出てきた『カケ』って何ですか？」

「民謡によくある、かけ声だ」

「ヨーイヤサー、みたいな」

「萱を鎌で刈って乾燥させ、束ねて組んで蚕たちのしとねにするのだから大仕事だ。『カケ』が三回あってもいいかもしれん」

頭の中で（ヨーイヤサー）と三回繰り返してみる。大仕事だ。力も根気も要りそうだ。

「わたし、分かります。ヒーローだって必殺技を出す前に『おおおお』ってかけ声出しますもん」

「いや、その喩えは分からん」

「晴明さんは平成のアニメやゲームで育ってないから」

「当たり前だ」

白けた返事にひるまず、桃花は両手を合わせた。

「万葉集の方も聞きたいです。お願いします」

「平成から万葉集と、振れ幅が激しいな」

苦笑すると、晴明はおとがいを上げ気味にして歌いだした。

落ちたぎつ　走井水《はしりゐみづ》の　清くあれば
置きては我れは　行きかてぬかも

今度は、事前に解説されなくとも意味が分かった。勢いよく落ちる水が清いから、私は去りがたい。この清い水を置いていけない。

――あれ？　これって。

既視感を覚えた。ドラマや漫画で疑似体験したあの感覚に似ている。

「晴明さん。この歌、恋歌みたいです！」

歌い終えてひと息ついていた晴明が、続きを待つかのように桃花を見る。

「置いていけないよ、って下の句で言っているんですよね」

晴明が視線を動かさぬまま無言でうなずく。清い水を注がれたかのように、桃花の心に勇気が湧いた。

「まるで、好きな人に向かって、君を置いて旅に出られない、って言っているみたい。

好きな人を清らかな走井になぞらえてる」

「面白い解釈だ。恋人を美しい泉に喩えて、離れがたい、と」

「この解釈で合ってますか？」

「それは確かめようがないな。少なくとも万葉集には『井を詠む』という章に収録されている」

　眠る雫龍に目を移していた晴明は「ああ、一つ報告があった」とつぶやいた。

「また『竹居《たけい》』でアルバイトをすることになった」

「骨董《こっとう》の鑑定のお手伝いですか？」

「いや。今度は短時間の店番で」

　竹居は、近所にある骨董スペースだ。骨董品の購入もできるが、喫茶コーナーでは茶や菓子が骨董品の器で供される。

「ということは、喫茶コーナーのお仕事も？」

　接客をする晴明は格好良いだろうと想像するが、陰鬱なムードを醸し出さないか心配でもある。

「むしろそれが肝だ。引き続き、人と水との縁を結ぶため」

「あっ。お茶もコーヒーも、水が欠かせないですもんね」

「連日、繁華街に現れて天然水を配っていたらさすがに不審だからな」

「不審です。『夜の天然水セールスマン』って都市伝説になっちゃう」

妙な名称を、晴明は聞き流した。

「折良くオーナーが手伝いを探していたので、立候補したわけだ」

「『竹居』のオーナーさん、お一人で大変ですよね」

「体調管理のために岡崎《おかざき》公園や哲学の道を一時間ほど散歩することにしたそうだ」

「あ、まだまだお元気そう。それにしても晴明さん、だいぶ現世でのご縁がしっかりしてきましたよね」

安心した拍子に、学校から直行してきた理由を思い出した。

「晴明さん、わたしからもご報告」

「受験のことか？」

「大当たりです。画塾の選考で提出する作品、下絵ができました！」

開いたスケッチブックを差し出す。晴明は両手で受け取って、黙っている。

――ど、どうかな。反応がないと怖い。

縦長の画面に描いたのは、木の枝を手にして立つ二人の人物だ。

右側に、桃の枝を手にした桃花。

左側に、梅の枝を手にした渡唐天神。

二人の上には雨の雫が描かれている。

雨水の恵みが、日本画の素材である渡唐天神にも、現代を生きる桃花にも降り注いでいるという趣向である。

「自画像と渡唐天神か」

「はい」

言わずとも分かってくれたようだ。ワンピース姿の自画像は髪にリボンを結んでいるので、分かりやすかったのかもしれない。

「余白が多いように思う」

指摘されて、スケッチブックに顔を寄せる。確かに、余白は広い。桃花と渡唐天神、わずかな雨粒以外には何も描かれていない。

「上半分は余白が利いているが、人物の足元には何か描いた方がいい。安定する」

「文字通り、地に足がついた絵になりますね」

「地面が良いとは限らんが」

「じゃあ、地面以外に何がいいでしょう？　池や海だとつまらないと思うんですよ。上空が雨で下が水って、そのまんますぎるって言うか」

「そうか」

と返しただけで、晴明は黙っている。

——自分で考えなきゃ。うーん、今描いてある水と人物と植物から、つかず離れずなイメージで……。

水、人物、植物、と三つの言葉が高速で脳裏を駆ける。そして、答えがひらめいた。

「人物の足元は、水辺の植物にしたいです！　ハスやカキツバタみたいな」

「面白い」

スケッチブックを閉じて桃花に返すと、晴明は微笑《ほほえ》んだ。やっぱり自分で考えて良かった、と思う。

「水辺の植物といえば、ハンゲショウを知っているか」

「いえ。どんな字ですか？」

「こう書く」

晴明は懐紙に「半夏生《はんげしょう》」と書いてみせ、隣に絵を描きはじめた。

横長に広がった葉の上に、細い穂が垂直に伸びる。穂には、粟粒《あわつぶ》に似た丸い花がつけられた。

「夏至から十一日経《た》った半夏生の頃、葉の表面の半分が白くなる。だから『半夏生』

という。半分白くなるから半分化粧、という説もあるが」

「おしろいに見立ててるんですね。半夏生をこの絵に取り入れても面白そう」

今度の絵では、人物が持つ梅の花と桃の花を目立たせたい。

そうすると、先ほど挙げたハスやカキツバタなどは、背景にしては派手過ぎる。

桃花の考えを聞いて、晴明は「よし」と応えた。

「今なら、祇園で半夏生の咲く寺院を特別拝観できる。見に行くか？」

「行きたいです！　祇園のどのお寺ですか？」

特別公開という点に、特に惹《ひ》かれる。

常日頃は外部の人間を入れず、ひっそりと育まれている庭なのだ。

「両足院《りょうそくいん》だ。建仁寺の境内にある」

「建仁寺、去年の秋に行きました」

「ああ」

ほんの数秒、自分と晴明の間に秋の夜風が吹いた気がする。

晴明が閻魔大王への報告のため留守にしている間、桃花は短い冒険をした。

秋の夜の建仁寺で猫又《ねこまた》と語り合ったのは、もう半年以上も前だ。

「桃花を両足院の庭に連れて行けば、また人と水との縁を結ぶことになる」

話が現在に戻った。

桃花は「庭に水があるんですね？」と尋ねてみる。

「半夏生が群生しているのは、池の周囲だ」

「なるほどー。晴明さんの神様修行にも協力できて、一石二鳥ですね」

「神そのものを目指すわけではない」

「訂正します。水の神様と同じ役割をして、雫龍様を育成する、ですね」

「理解してくれて助かる。拝観には予約が必要だが、土曜の昼過ぎでいいか？」

「はいっ。それまでに、半夏生を描く練習しておきますね。図書館やネットで画像を探します。あと」

「何だ」

「せっかくだから、浴衣で行きたいと思います」

晴明は、脱力気味に「服の話か」と言った。

「去年着ていた、赤い金魚の浴衣だな」

「覚えてくれてたんですね！　ほんのちょっとしか着てないのに」

「二、三度だったたか？」

そのあたりは曖昧らしい。

「できれば両親も誘って、着物レンタルのお店に行きたいです。そうして、三人とも浴衣を借りて、晴明さんと合流……って、どうでしょう？」

「ご両親さえ良ければ」

晴明が微笑したので、桃花も「はい」と笑顔になる。

「みんなで浴衣、っていうのは、ほぼ遊び心ですけど」

髪のリボンを弄びつつ、言葉を継ぐ。

「両親に、わたしがやろうとしている表現の世界を見てほしいんです。だから、四人で両足院に行きたい」

「楽しみだな」

その言葉が意外でもあり嬉しくもあり、桃花はどう返していいか分からなくなる。

「では、私はせいぜい『竹居』の手伝いに励もう」

「あ、そうそう。晴明さんがバイトしているところ、見に行っていいですか？」

「駄目だ」

即答されて、桃花は少々ショックを受ける。

「え、高校生が見に来ると、うっとうしいですか」

「違う。オーナー不在時に顔見知りを連れ込んでいる体になるのは望ましくない」

「はぁい……」

落胆する桃花の前で、雫龍がうねうねと寝返りを打った。

＊

大きな書院から眺める庭は、初夏の緑に染まっていた。

桃花は、浴衣の両袖を広げたくなる。左右に広がる庭の色彩を受け止めたいのだ。

池を白く縁取るのは、半夏生だ。

優しい白である。

喩えるならば、冷たい雪の白ではなく、とうふの白だ。

――この両足院が永く受け継いできた、美の一端を観《み》ている。

桃花はそう思った。華やかさとは別の美しさだ。

巴文様《ともえもんよう》の浴衣に身を包んだ晴明は、黙って桃花のそばに立っている。

格子《こうし》文様《もんよう》の浴衣で揃《そろ》えた両親は、離れたところで何やらささやき交わしている。

拝観者たちの話し声は、街中とは比べ物にならないほど静かだ。

――うん。わたしも、庭の静けさを保ったまま、ここにいたい。

落ち着いた意匠の浴衣を選んで良かった、と思う。

紺色と青磁色、そして白が連なった色柄は波か水面を思わせる。

焦げ茶の半幅帯は、店の勧めで矢の字結びにしてもらった。

縦、横、斜めの直線が利いた粋な結び方だ。

帯締めは檸檬色《れもんいろ》、帯留めはガラス細工の白兎《しろうさぎ》。この二つは桃花自身のチョイスで、檸檬色の帯締めを月の光に見立てたつもりだ。

「桃花。泡魂《あわたま》が出ている」

周囲に聞こえないほどの小さな声で、晴明がささやいた。

群れ咲く半夏生と低い松の上に、座禅を組んだ僧侶が浮いている。

――あのお坊さん……に見えるものも、泡魂なんですね。

声には出さず、桃花はただうなずいた。

人々の小さな思いが泡のごとく集まって生まれる、人格なき存在を泡魂という。去年の七月、晴明と篁に教わった。

――あの日地主神社《じしゅじんじゃ》で見た泡魂は、恋の成就を願う人たちの思いの集積だった。

地主神社に現れた泡魂は、歴史上の弓矢の名手・那須与一《なすのよいち》の姿をしていた。

桃花が『平家物語《へいけものがたり》』に登場する与一に惚《ほ》れ込《こ》んでしまったのが原因だ。

そして、赤ん坊だった桃花が晴明と出会ったきっかけも、晴明神社《せいめいじんじゃ》に現れた泡魂だった。西陣織《にしじんおり》の職人の姿をした泡魂を見て泣きだした桃花に、晴明は手で庇《ひさし》を作ってくれたのだ。泡魂の姿が見えないように。

——本当にぼんやりとしか思い出せないんだけど。

桃花は小声で「どうしてお坊さんなんでしょう?」と尋ねてみた。

「両足院に関わる人々の思い。禅とは何か、禅寺の庭の美意識とは何かを知ろうとする人々の思い」

ならば、今の自分の思いも泡魂の中に入っているのだろうか。

泡魂は——僧侶は目を半眼にして、宙で座禅を組んだままだ。

「それより、絵の修練はいいのか」

「はっ、そうでした。写真を撮らなきゃ」

後で画像を見て描くために、半夏生をスマートフォンで撮影する。

頼めば鉛筆で写生させてもらえるかもしれないが、消しゴムで消せるとはいえ、江戸時代に建てられた大書院で筆記具を使うのはためらわれる。

他の拝観者の邪魔にならぬよう、半夏生を撮る。

庭そのものには踏み込めないので距離は遠くなるが、後で拡大すれば良いだろう。

――あ。撮ってるうちに、晴明さんから離れちゃった？

どこだろう、と視線を走らせた桃花は、笑いそうになった。

晴明が、洋服を着た若い女性二人に話しかけられている。

――絵に描いたみたいな、もてるおにいさんだ！

女性は二人とも華やいだ表情で長身の晴明を見上げている。

イントネーションからすると、地元民らしい。

盗み見するようで申し訳ないと桃花は思ったが、桃花の両親も（おや）という顔で晴明を見守っている。

――あのおねえさんたちの話しかけ方、彼氏を作る時に参考になるかも。

やや計算高いことを考えつつ、聞き耳を立てる。

二人の女性は晴明を「堀川さん」と呼び、「竹居」の話をしている。

どうやら晴明が店番をしている時に訪れた客たちが、偶然にも今日この時、両足院を訪れたらしい。

――おねえさんたち、お寺や神社や古い物が好きなんだ。ふむふむ。

だからこそ、骨董スペースである「竹居」にも、今回の特別拝観にも来たらしい。

――んん？『今度着物の選び方教えてください』かぁ。

参考にするには、ややニッチな誘い方である。
——着物好きな人を誘う時にしか使えない。
半夏生の撮影そっちのけで観察にのめりこんでいると、晴明がこちらを向いた。
サボっているのがばれたと思い、桃花は首をすくめる。
「すみません。ご近所さんを案内しないと」
爽やかさを装った「堀川晴明」の声で言うと、桃花の両親のもとへ歩いていく。
女性たちに軽く会釈していくあたり、如才がない。
——晴明さん。わたしの知らない間に、お客さんに名前と顔を覚えられてる。
桃花は内心で震えた。成長ぶりが恐ろしい。
大書院の天井近くで、雫龍がゆらりと泳いでいる。
晴明の努力の甲斐あって、また大きくなったようだ。
置いていかれないように、桃花はそっと両親と晴明に近づいた。

*

百日紅《さるすべり》のつぼみがほころぶ七月の初めともなると、雫龍が晴明の家にいることにも慣れてきた。

　何しろ、一ヶ月だ。

　雫龍はぐんぐん成長し、和室で輪っかになっている。体を伸ばしきれないのだ。

「居住空間が限られてかなわん」

　板の間で麦茶を飲みながら、晴明はぼやいた。

「腕の中にしまっておけばいいじゃないですか」

　桃花の受け答えも、平然としたものである。

　雫龍が晴明にとって障りになるのではと心配した日々がずいぶん昔のようだ。

　今は、南にいるという朱雀の様子と、目前に迫っている期末試験が気になる。

「しまいっぱなしでは機嫌が悪くなる」

　と言う晴明の視線は優しい。情が湧いているのかもしれない。

「そろそろ、行けますか？」

　地下水脈へ。

　多くは言わず、桃花は尋ねた。

「あと数日か、十日といったところだ」

　少ない言葉の意を酌んで、晴明は答える。

祇園祭《ぎおんまつり》の宵山《よいやま》の頃だ。

「お会いしていないけど、朱雀様の具合は……」

「小康状態だ。伏見の弁財天《べんざいてん》に看病を頼んでいる」

弁財天といえば、七福神の一人だ。

水の技芸の女神であり、琵琶《びわ》を抱えた美女の姿をしているという。

「伏見にも、やっぱり弁財天様がいるんですね。水の女神様だから」

桃花は思わず、琵琶をかき鳴らすような仕草をした。

「伏見には、長建寺《ちょうけんじ》という名水の湧く寺がある。観光用の十石舟《じっこくぶね》が浮く川のほとり、向こう岸には酒造会社の蔵が建っている」

「そのお寺で、弁財天様を祀っているんですね」

水の女神にふさわしい場所だと思う。

春には見事な枝垂れ桜が咲くと聞いて、行ってみたくなる。

「長建寺の名水は『閼伽水《あかすい》』と呼ばれている」

書いて見せられなくとも、どういう字を書くのか分かった。

閼伽水とは、仏前に供える水のことだ。

古典で習った『徒然草《つれづれぐさ》』に、仏前に供える物を置く「閼伽棚《あかだな》」という言葉が出てきた。その際に晴明から、閼伽水という言葉も教わったのだった。

「お寺らしい名前ですね。閼伽水」

「閼伽水を朱雀のもとに届けてもらっている。おかげで効いているようだ」

「良かった。弁財天様が配達するんですか？」

「いや。使いの蛇と狐が」

勉強用のノートに蛇と狐を落書きして、桃花は考える。

「弁財天様の御使いって、蛇だと思ってました」

「伏見稲荷を擁する土地だからな。狐を使う弁財天もいる」

納得できるような、できないような話である。

「ひとまずは、焦らなくていい。それより桃花」

座卓に積まれた問題集を指さして、晴明は眉間の皺《しわ》を深くした。

「期末試験だ。今度はケアレスミスを避けるように」

「はい」

中間試験での失敗を指摘されて、うなだれる。

細かいミスで二ヶ所も失点したのだ。痛恨極まりない。

「行きたいと思ってたけど、決めました」

「どこへ行く」

「今夜、授業が終わったら千本《せんぼん》ゑんま堂《どう》に行ってきます」

西陣の北部にある寺院の名を挙げる。

予想した通り、晴明が「何をしに」と聞く。

「試験で実力を発揮できるよう、願掛けに。今夜から『梶《かじ》の葉《は》祈《き》願《がん》』だって、美術部の先輩に教わったんですよ」

桃花はスケッチブックを開いてみせた。

「先輩が描いてくれた、梶の葉と、牽牛《けんぎゅう》と織女《しょくじょ》です。七夕の」

朝顔の葉に似た梶の葉と、中国風の衣装を着た男女が小さく描かれている。

その隣には注意書きもある。

千本ゑんま堂・梶の葉祈願　受付：今年は七月一日　十八時から
聞香《もんこう》体験あり
梶の葉に願いを書こう！
平安時代からの由緒正しきおまじないやで！

「先輩は、女の子ですよ。桐香《きりか》さんっていいます」

なぜそんな注釈を入れるのか、我ながらよく分からない。

相手が男子部員だったら、自分のスケッチブックに何か書かれるのは嬉しくない、とも思う。たとえ、桃花にとって大事な情報だとしても。

「先輩も芸大受験のために画塾に行ってるんですけど、選考の前に『梶の葉祈願』で願をかけたそうです。結果は合格」

「で、桃花にも教えてくれたわけか」

「はい。桐香先輩、おうちが千本通《せんぼんどおり》沿いなので」

「今も残っているのだな。梶の葉への願掛けが」

晴明は感慨深げに、スケッチブックを見ている。

その対象が自分の絵ではないことに、桃花は寂しさを覚える。

——いけない。嫉妬はよくないよ。

しかし、この寂しさに嫉妬のラベルをつけるのは適切なのだろうか。

「良かったら、晴明さんも一緒に行きませんか？」

「今から集中できれば」

晴明は、数枚のＡ４用紙を桃花に示した。そこには晴明の手製と思しき、数学と英語の問題が並んでいた。

「学校で習ったことを覚えていれば全問解けるように作ってある」

「がんばりまーす……」

無表情で、桃花はガッツポーズをした。

＊

見上げるばかりの大きな閻魔大王像が、提灯の光に照らされている。星がこぼれるような音で鳴っているのは、風鈴だ。

千本ゑんま堂では風祭《かざまつ》りの間、提灯の下に色とりどりの風鈴を吊るしているのだった。

「いい体験でした……」

桃花は、つぶやくような口調で晴明に言った。

視線の先には、閻魔大王像の左横から続く石畳の道と、先ほどまで聞香体験をしていた奥の間がある。

ブラウスの胸元には、まだ香木の香りが残っている。椅子に腰掛けていて、香炉との距離が近かったからだろう。

「西陣織のマットがテーブルに敷いてあって、お香の道具が置いてありましたよね」

うなずく晴明の肩口からも、かすかに香木が香っている。

「あのテーブルと、その周りのことだけ覚えてるんです。ひとつの雑念もなくそこにいた」

香炉の灰に載った小さな雲母《うんも》の板、そこに載せられた希少な香木の細片。決められた型で香炉を持った時の、細心の注意と陶酔との両立。桃花にとって聞香体験は、冴《さ》えた意識を保持する体験でもあった。

「ただの無我夢中とは違う。うまく言えないけど、こんなに冴えた意識でいたのは初めてです。試験勉強がうまくいっている時や、絵を描くのに夢中になっている時だって、ここまでじゃない……」

「勉強や絵の修練や陰陽術でも、その意識を保ってほしいものだ」

「はい。さっそく、何か修練したくなってきました」

「今持っているだろう」

「そうでした。梶の葉に願いを書いて吊るすのも、陰陽術のうち。生きた葉を使った呪符ですよね」

「分かってきたな」

桃花の手には、一枚の梶の葉がある。

聞香体験の後、願いを書いたばかりだ。

学業成就　糸野桃花

「我ながらシンプルで良いと思います。でも」

桃花は目だけ動かして、晴明の手元を見る。その手にもまた、梶の葉がある。

「晴明さんは、何を書いたんですか？」

「見なくていいと言っただろう」

そうなのだ。

同じ机で隣り合って願いを書いたのだが、晴明は「見なくていい」とつれなかった。

桃花が不満そうに「えー」と返すと、肩口から雫龍を出して桃花との間に横たわらせたのだ。使いこなしているのだからめでたくはある、のだが。

「去年みたいに『酒』って書いてあったりして」

軽口をたたいても、晴明は無反応だ。

仕方なく、桃花は本堂の出入り口へと進む。高い位置に細い綱が張り渡されて、数枚の梶の葉が吊るされている。早めに訪れた参拝客のものだろう。

ゆるく縒《よ》り合《あ》わされた綱の隙間に、梶の葉の葉柄を差しこむ。頼りないようでいて、案外しっかりと引っかかってくれた。

吊るしましたよ、と言おうとした時、幼い子どもの声が響いた。

「怖ーい！　怖ーい！」

母親に連れられた女児が、閻魔大王像の前で声を張り上げている。泣いているわけではないが、必死の主張といった雰囲気だ。

母親は「だーいじょうぶだよ」と女児を抱き寄せた後、こちらを見て「すみません」と会釈した。

桃花は笑顔で「いいえ」と返す。

「いえ、とんでもないです。可愛いですね」

晴明の言葉――可愛いですね――に、桃花は少し驚く。

驚いてまじまじと見たついでに、梶の葉に書かれた字を、読んでしまった。

糸野家息災祈願　堀川晴明

――酒、じゃなかった。全然違う。

母親は晴明に「ありがとうございます」と返し、女児に「お母さんもずっとお参りしてるから大丈夫」と言い聞かせている。近所の住人なのだろう。

――晴明さんのお願い、自分のことじゃなかった。なぜ？

考え込む桃花をよそに、晴明は梶の葉を吊るしている。

「ご両親が待っている。行こう」

「あ、はい」

今晩は、晴明も一緒に鴨川べりの料理屋で夕食と急遽《きゆうきよ》決まった。たまには酒抜きで外食しようか、との両親の提案である。

「ミオはどうしている？」

「わたしの部屋で寝てました。帰ってから、夕ご飯におやつを添えてあげます。留守番のお礼に」

「それが良かろう」

新たな参拝客が三々五々、境内に入ってくる。家族連れが多いようだ。

「晴明さん、待ってください」

「どうした」

「あの、すみません。梶の葉、見てしまったんです。さっき」

晴明が眉をひそめた。

「黙っているわけには、いかないです。うちの家族に、何か良くないことが起こるんですか」

「は？」

気の抜けた声を漏らした晴明は、次に「何という縁起の悪い」と憂い深げに言った。

「普通、願い事って自分のことじゃないですか。それか、特定の仲がいい誰かのことか。どうして『糸野家』なのかって」

「ああ。なるほど」

参拝客が増えてきた。

晴明と桃花は、そっと端へ寄った。

「心配しなくていい。こちらの事情だ」

「事情って？」

晴明の頬に提灯の光が当たっている。琥珀色の目から、桃花は目が離せない。

「私は、君たち一家のことが愛《いと》おしい」

自分の背中に翼が生えて、風を起こしながら広がった――と桃花は思った。

突拍子もない、それでいて喜ばしい言葉であった。

「お父さんとお母さんと私と、ミオも？」

よそ行きの「両親」という言い方を忘れて、桃花は聞いた。

「ミオも」

「ふふふ」

やっぱりそうだ、ミオも数に入れてくれている、と思う。

「赤ん坊だった君と、若い頃のご両親を見かけた時、平和だ、と思った」

――でもわたし、泣いてたはずですよね？

どういう意味の「平和」なのだろう、と思いながら耳を傾ける。

「赤ん坊が泣いても無事でいられるのは平和な世だ。機嫌や調子が悪いのならば誰かが世話をしてやれる。獣や追い剝ぎに狙われることもない」

大変な世の中と比べられているが、おかしいとは思わない。晴明が見てきたのは、そういう時代だったはずだ。

「しかし泡魂を見て怯《おび》えているのは気の毒だと思った。陰陽師である私が近くにいるせいで、影響を受けていたようであったし」

「一時的に感覚が鋭くなっちゃったんですね……あっ、その節は助けていただきありがとうございました」

「どういたしまして」

晴明は珍しく、はにかんだような微笑を見せた。チリチリと鳴る風鈴の音が、風の強さを伝えてくる。

「あの時、晴明さんがわたしの前に手で庇を作っておまじないをかけてくれたから、泣き止んだんですね」

「私を警戒し、桃花をかばうお母上の顔を、美しいと思った。不埒《ふらち》な意味ではなく、きれいな生き物だ、と」

「母から聞いてます。『うちの子に何しはったんですか』って詰め寄ったって」

——不倫ぽい意味じゃないのは分かりますけど、うちの両親には内緒ですよっ。

内心で晴明に「めっ」をしながら、無言で桃花はうなずく。

「ああ。その瞬間に、お父上が私に身を寄せてきた。おかしな真似《まね》をする前に制圧する気だったな、あれは」

「そこまで緊迫した場面だったなんて……」

自分の父親の意外な一面を知って、桃花はたじろいだ。

「妻と子を守ろうとする姿に、『これで良い』と思った」

冥官だからか、陰陽師だからか。

――この人は、まるで。

「晴明さんはまるで、遠くの星からわたしたちを見てるみたいに言うんですね」

怒るつもりはなかったが、終わりの方だけ拗《す》ねた口調になってしまった。

琥珀色の瞳は、感情の波を見せないまま桃花に向けられている。

「晴明さんの願いは、何ですか？」

桃花にとっては一歩踏み込んだ質問であったが、晴明の表情は淡々としている。

「早くご両親と合流して、料理屋で一息つきたい」

「はーい……」

納得はできるが、何やらはぐらかされたようでもある。

バスに乗ってから、桃花は手帳で路線図を確認した。

この路線の場合、料理屋の最寄り停留所である出町柳駅前《でまちやなぎえきまえ》には停《と》まらない。ひとつ手前の河原町今出川《かわらまちいまでがわ》で降りて、少し歩かねばならない。

その旨を伝えると、晴明は「構わない」と言った。

「市街地ならば、一区間の距離など知れている」

晴明も、市バスとの付き合い方が分かってきたようだ。

「そうなんです。鴨川デルタの飛び石を渡ったらすぐですよ」

賀茂川《かもがわ》と高野川《たかのがわ》がＹの字に合流して鴨川となる場所を、鴨川デルタという。

合流地点には飛び石が設置され、鴨川の西側から東側へと渡ることができる。

四角い飛び石の他、千鳥や亀の形をしたものもあるので、観光サイトにもよく載る人気スポットとなっている。

「あ、でも晴明さんは草履履いてるから危ないですね。出町大橋《でまちおおはし》を渡らないと」

「気を遣うな。飛び石でいい」

——もしかして、歩いてみたいですか？

と思ったが、別の言葉を口にする。

「晴明さんが落ちそうになったら、わたしが引っ張ってあげます」

「頼もしいことだ」

怒らせてみるつもりが、軽く流されてしまった。

スマートフォンで両親に現在位置を伝えると、出町柳駅の地上改札口で待っていると返信が来た。

——さっきの『どういたしまして』の笑顔、もう一回見られないかな。

出会った時の話はもう終わってしまったから、機会はずっと先だろうか。

そんなことを思いながらバスを降り、鴨川デルタの西側へ向かう。

川面は出町柳駅の明かりに照らされてほのかに明るい。川岸には犬の散歩やジョギングをする人々の影が見えた。

「晴明さん、先に渡ってください。落ちそうになったらキャッチしますから」

「本気か」

呆《あき》れた口調で言いながらも、晴明は飛び石を渡りはじめた。

歩幅がもともと広いせいか、危なげのない足取りだ。

「百日紅が咲きはじめている」

晴明の言う通り、対岸で桃色の花房がちらほらと揺れている。

「夏が来たーって感じがしますね。そうだ、あの歌、歌っていいですか？」

先を行く琥珀色の髪に語りかける。

「どの歌だ」

「今様《いまよう》です。去年の七夕の時、哲学の道で晴明さんが歌ってた」

「『君が愛せし』か」

晴明はあの今様を、そう呼びならわしているようだった。

「はい。那須与一さんの姿をした泡魂に、恋の歌を聞かせてあげましたよね」

「覚えていたのか。和歌よりかなり長いが」

晴明の表情は分からないが、意外に思っている風だ。

「実は、晴明さんのいないところでときどき練習していたんです。歌詞はネットに載っていたから、覚えちゃいました」

晴明は返事をしない。

構わず桃花は歌いはじめた。

呪力をこめるには恋の経験が不可欠だと教わった、鴨川の歌を。

　君が愛せし　綾藺笠《あやいがさ》
　落ちにけり　落ちにけり
　賀茂川に　川中に
　それを求むと　尋《たづ》ぬとせしほどに……

飛び石の中間点を越える。

ここでいったん、足元は石畳になる。Y字部分の突端だ。

　明けにけり　明けにけり
　さらさら　さやけの　秋の夜は……

晴明はなぜか石畳で足を止めて、桃花を見ている。

「どうかしたんですか？　途中で止まっちゃって」

「桃花」

対岸を指さした晴明が何を言いたいのか、最初は分からなかった。

「百日紅は、あんなに咲いていたか？」

ちらほら見えていた桃色の花房は、今や樹全体《きぜんたい》の二割ほどを占めている。

「あやかしの仕業ですか？」

「違うな」

「じゃあ神様」

「神でもない。桃花、自分の強みが木気であることを思い出せ」

風が吹いて、対岸の百日紅が大きくしなった。

青々とした葉桜も柳の葉も、夏の熱気の中で揺らいでいる。

「……わたしの今様のせいですか？　でも」

晴明は一年前、言ったではないか。

恋をしたことのある者でないと呪力が宿らない、と。

「行こう。ご両親が待っている」

再び危なげのない足取りで、晴明は飛び石の残り半分を歩いていく。

――わたしの方が、川に落ちそう……。

ブラウスの胸元を握りしめて、桃花は晴明の後について歩きだした。

第三十四話・了

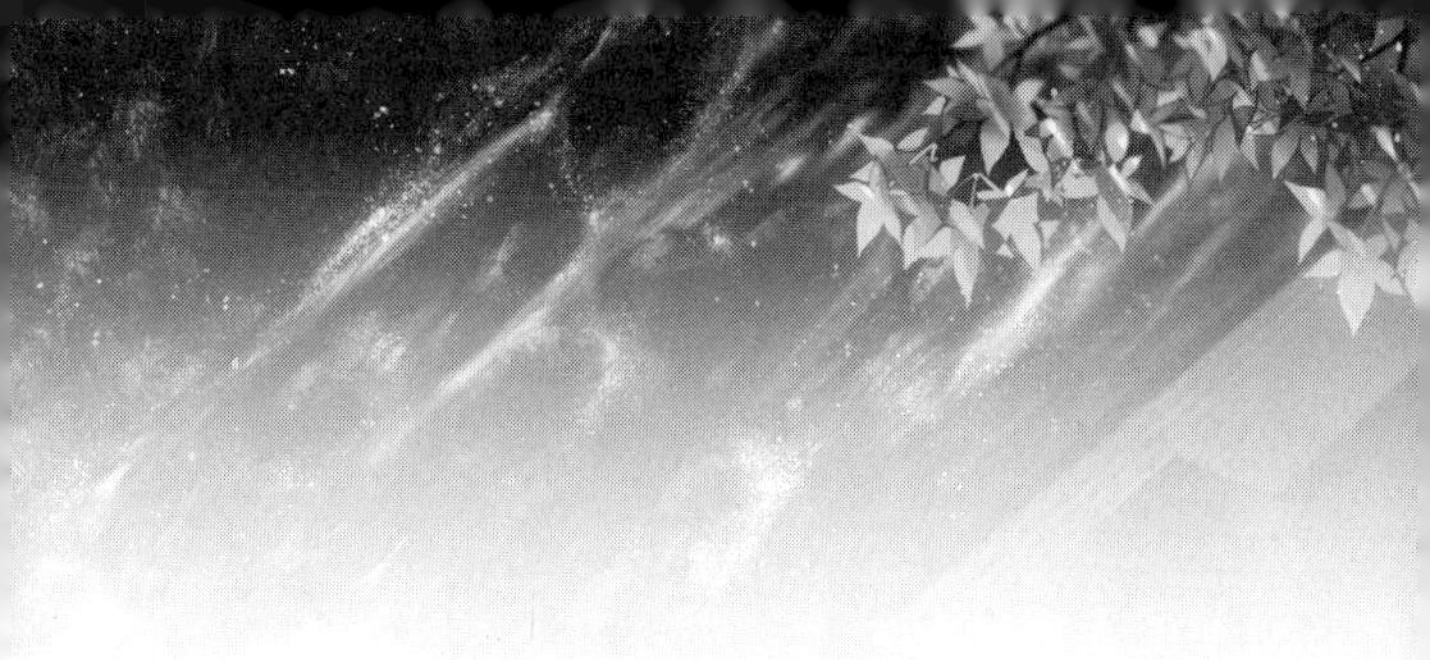

第三十五話

あやかし筆

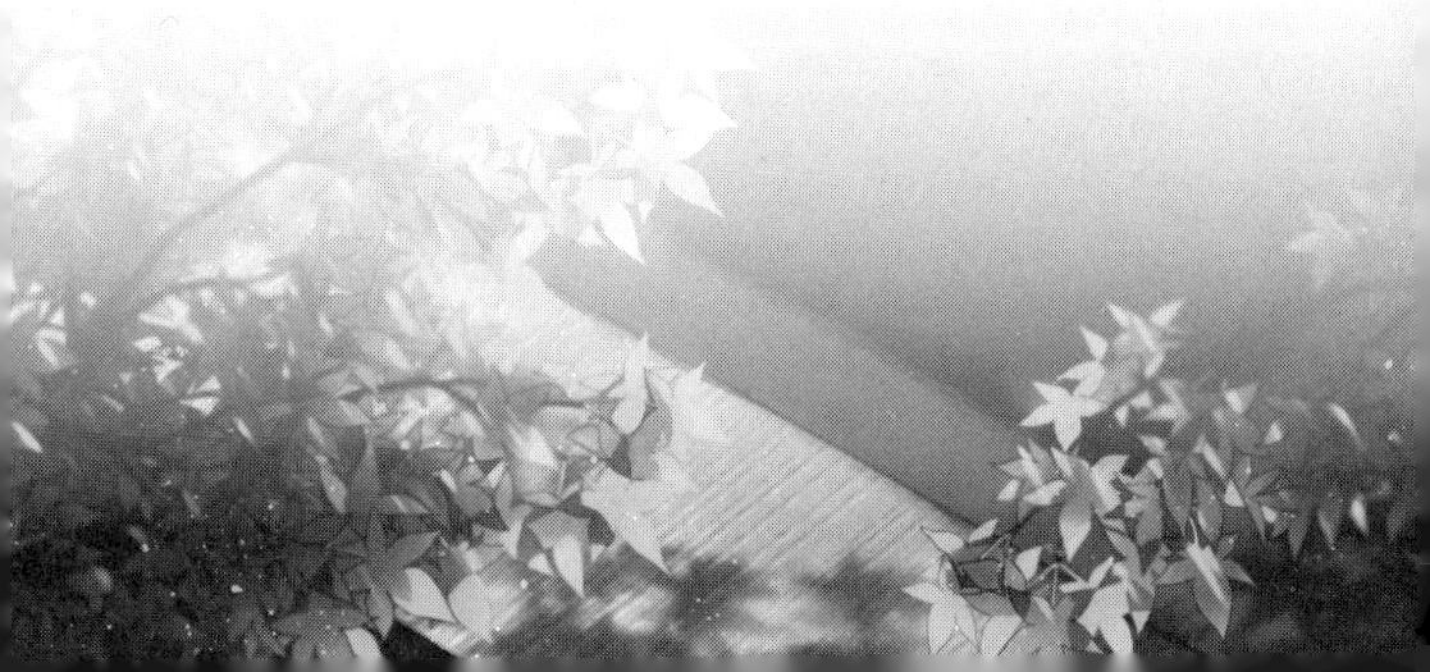

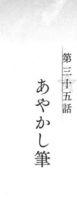

飛び石を渡って対岸にたどり着く。

見間違いではない。確かに、百日紅は花盛りに近い状態であった。

道行く人々は異変に気づかない。

宵の鴨川で一本の百日紅が咲き進んだところで、さほど目立ちはしないからか。

ただ桃花と晴明だけが、動かず桃色の氾濫を見上げている。

――今のわたしは、恋をしている。晴明さんに。

桃花には、思い当たる点が一つある。

両足院で、女性二人連れと話す晴明を観察していたのはなぜか。

いつか迎える自分自身の恋愛のため、とその時は思った。だが、客と店番の会話を観察したからといって、恋愛に関して達者になるわけではない。

――早く行かなきゃ。お父さんとお母さんが料理屋さんで待ってる。

分かっているのに、桃花は百日紅の下から動く気になれない。

「晴明さん」

質問する生徒の口調で、桃花は呼びかける。稲荷社の白狐に似た顔は、普段と変わらぬ陰鬱げな表情だ。

「わたしの強みが木気だから、わたしの歌った今様で花が咲いたんですか」

「そういうことになる」

晴明の冷静さに対抗したくなって、あの話題に触れる。

「去年晴明さんは、言いましたよね。『君が愛せし』は、恋をした経験がないと呪力を持たせられないって」

「言った」

あまりに淡々とした晴明の声に（駄目だ）と思う。

——晴明さん、自分が恋の対象だなんて全然思ってないか、分かっててても無視してるかどっちかだ。

自分の初めての恋は実らない。千年の時を経た陰陽師にとって、十六歳の教え子は物の数に入っていない。

だから、半分だけ嘘をつこうと桃花は決心した。

「きっとわたし、無意識のうちに誰かに恋してたんです」

——ここまでは本当。ここからが、嘘。

「もしかしたら、今年同じクラスになった人かもしれません」

妥当な線だ、と桃花は考える。

高校二年生のクラス替えで新しい出会い。よくある話ではないか。

「力がまだ危なっかしいな」

桃花の嘘に反応せず、晴明は関係のない話をする。

「意図的に百日紅を動かしたのではなく、桃花の木気の発露に引きずられて花が咲いた形だ。何者かの魂を慰めたり鼓舞したりする域までは行っていない。だが」

そんな顔で見ないでほしい、と桃花は願った。いかにも教え子の成長を喜んでいる、澄んだ微笑を向けないでほしい。

「だが、素晴らしい。正式に弟子となって半年足らずで、ここまで成長するとは」

「ありがとうございます」

桃花は、琥珀色の瞳から視線を外して礼を言った。当惑と絶望を一度に受け止めている今の状態では、それが精一杯であった。

*

翌朝、桃花は頭痛とひどい倦怠感《けんたいかん》にさいなまれて目を覚ました。

風邪かな、と思い、寝床の中で額に手を当てる。

若干熱いので、風邪だろうと判断する。咳《せき》やのどの痛みはない。

――今日は日曜日。学校のない日で良かった。
もっとも、試験直前の休日に寝ているばかりではまずい。
寝床でノートや問題集の見直しをすれば良いだろうか。
あることを思い出して、桃花は「うーん」とうなった。
――今日は晴明さんの授業がある日。試験対策の……。
正直に言えば、今の桃花は晴明に会いたくない。
会えばきっと、動揺が顔に出てしまうからだ。
――昨夜は、お父さんとお母さんのおかげで余計なこと考えずにすんだけど。
酒の入っていない両親は、質問好きな子どものようであった。
千本ゑんま堂の閻魔像の大きさや、梶の葉祈願の歴史についての質問。
香道では香りを「聞く」と言うが、その理由についての質問。
桃花は自分が見聞きしたことを中心に答え、晴明は自分の知識を交えて答えている
うちに、会食の時間はまたたく間に過ぎていったのだった。
――賀茂《かも》茄子《なす》の肉《にく》みそ炒《いた》め、鮎の天ぷら、美味しかった。
どんな時でも料理を味わうことを忘れないあたり、我ながら得な性格だと思う。
ドアの向こうから、ミャアミャアと鳴き声が聞こえる。

――なあに、ミオ。

飼い猫に呼びかけようとして、桃花は愕然《がくぜん》とする。

声を出すのが億劫《おっくう》なほどに、倦怠感がひどい。ベッドのどこかに深淵《しんえん》があって、足の先から引きずりこまれていくようだ。

鳴き声は激しくなり、サラサラ、スルリと毛皮のこすれる音がする。

「どないしたん、ミオ。大きな声で」

階段を上がってくる足音と、葉子の怪訝そうな声がする。

「桃花、起きてる？　ミオがドアに体こすりつけて、開けろ言うてるで？」

控えめなノックの音が、いやに頭に響く。

「お母さん。だるい」

かすれ声を出すと、「開けるで」という声とともにドアが開いた。

――お母さん、言うと同時に開けちゃってるよ。

突っこむ元気はない。桃花は寝床でひらひらと手を振った。

「調子、良うないんか？」

「うん……」

寝床に収まったまま返事をする。

ベッドに上がったミオが、ゴロゴロと喉を鳴らした。

「偉いやん、ミオ。桃花が起きてこぉへんから気になったんやな」

「救助猫だよ。ありがとうね」

ミオをなでる桃花の額に、葉子が手を当てる。

「高熱ではないみたいや。だるさ以外は、どない？」

「頭が痛い」

途端に葉子の顔がこわばる。

「念のため聞くけど、今日は何月何日や？」

「七月二日、日曜日。もうすぐ、期末試験」

「分かった、分かった。意識は明瞭やな」

表情をやわらげて、葉子は掛け布団をポンポンとたたいた。安心したようだ。

「熱中症の初期症状かもしれへん」

「家で寝てる間にも、なるの？」

「寝てると汗かくやろ。脱水状態と、二階に温かい空気が上っていって熱がこもったのも原因やろな。寝不足も関係あるらしいけど……窓開けて換気しよか」

葉子が窓を開けると、青葉の匂いとともに風が入りこんできた。

──熱中症……。去年も、こんな感じになった？

前髪を上げて額に風を当てながら、考える。

去年の夏に生まれ故郷の大津市で、中学時代の教師にたまたま再会した。

紋田《もんだ》という名の、女子生徒に人気のある男性教師だった。

桃花はある歴史の本について話したが、紋田はその本に対して肯定的ではなく、桃花は本の読み方について注意されてしまったのだった。

幼なじみの里奈《りな》と一緒でなかったら、もっとショックを受けていただろう。ひょっとしたら帰り道で泣いていたかもしれない。

──里奈ちゃんに励ましてもらって、京都に戻って……。からくさ図書館に入ってから、ぼうっとしてしまって……。

晴明の部下たちが営む私立図書館に入った途端、ふっと気が抜けたのだ。

疲れ果てた旅人が一夜の宿を見つけたかのように。

あの時は、篁と時子《ときこ》が看病してくれた。

事務室で休ませてもらったり、扇《あお》いでもらったりとずいぶん世話になった。

──わたし、全然成長してない。

爽やかな風に打たれても、頬は恥ずかしさで火照っている。

――去年と同じ。大人の男の人との会話が思い通りに行かないと、調子を崩す。

自分は何とわがままで面倒くさい女の子だろう、と思う。

来年も再来年も同様だったらどうしようと不安に駆られ、大きなため息をつく。

「しんどそうやな」

葉子が気の毒そうに言い、桃花は心配をかけまいと思う。

「起きられるよー」

身を起こし、ミオがベッドから飛び降りるのと同時に床に足を下ろす。

「ほら」

「それはええけど、今日は晴明さんとこでの授業、休むんやで」

「でも、月謝もったいないよ」

本当は晴明の顔を見るのが気まずいのに、授業を受けたいふりをする。

今の自分は嫌な性格だ、と思う。

「別の日時に振り替えできるか相談したらええやろ。体調の悪い状態で来られても、晴明さん困りはるわ」

「うん。分かった。家で期末の勉強する」

きっぱり宣言した。この精神状態で試験結果まで悪かったら、つらすぎる。

「晴明さんには、自分で電話するんやで。朝ごはんの後でええから」

「はーい。日時の振り替えのことも聞いてみる」

「よろしい。調子悪うなったら、すぐ言うてや」

ミオを抱え上げて、葉子は部屋を出ていく。桃花の受け答えが普通なので、ひとまず安心したようだ。

――よくある話だよね。年上の人を好きになって、何もないまま失恋するの。

そして、何もなかったように大人になるのだ。

のろのろとパジャマを脱いで、クローゼットを開ける。

最初に目に入ったのは、レースをあしらったブラウスと、ひらひらしたキュロットだった。晴明が夢の中で褒めてくれた服、乗馬に良いという意味だと知ってがっかりした服、一緒に貴船へ行った服だ。

――今日だけは、この格好、したくない。

服を選べないままその場に座りこんで、桃花は少しだけ泣いた。

*

白い夏椿がアーチのように桃花の頭上を覆っている。

どこかの庭園、ではない。

夏椿のアーチの背景は暗闇だ。いつか見た夢と似た光景である。

聞こえる声も同じだ。

《自然を君の教師とせよ。自然を君の教師とせよ》

晴明の声で夏椿がささやく。ワーズワースの言葉だ。

桃花はまた、同じ言葉で対抗する。

「悪夢だとしても、怖くないよ。晴明さんの声だから」

怖くはないが、かなしいとは思う。

夢の中での服装は、今度はセーラー服だった。

「ああ、明日は学校だから……」

寝る前の状況をよくよく思い出してみる。

自分の部屋で試験勉強をしているうちに疲れてきて、ベッドに横たわったのを覚えている。軽い休憩のつもりが、昼寝に突入してしまったようだ。

《自然を君の教師とせよ》

「どうしろって言うんですか、もう」

言い返すと、夏椿は沈黙した。

自分で考えろ、という意味だろうか。

「それより早く起きて勉強しないと」

どうやったら目が覚めるのだろうか。

とりあえず適当に踊ってみる。

「桃花。元気にしているか？」

背後から聞こえた晴明の言葉は、まるで離れて久しい相手への手紙のようだ。

「うっかり昼寝中です。家で勉強してたんですけど」

なんだ、普通に会話できる、と思う。

思えば授業を休むと電話した時も、事務的に淡々と伝えることができた。

夢に訪れた晴明とも、平静を装って話せるだろう。

おそらく晴明は、桃花の気持ちに気づいていないのだ。

「こちらに来てもらえるだろうか」

「えっ、あっ」

振り返れば、夢の中で何度も見たドアがある。

対面をためらう気持ちを抑えて、今行きます、と言いかけた。

「いや、体調が悪いのだったな。そのままで聞いてほしい」

機先を制するかのように言われ、桃花は「はい」と返事をする。

「実は、タカオカミノ神から桃花に伝言がある」

晴明に見せられた、和泉式部と対峙《たいじ》する龍を思い出した。

偉大な歌人ですら気圧《けお》されていたあの神が、自分などに何の用なのか。

――いや、今は自分を卑下しちゃ駄目。晴明さんの教え子なんだから。

「何でしょうか？」

「桃花が昨夜『君が愛せし』を歌い、鴨川の岸に百日紅を咲かせたことをタカオカミノ神も知っている」

「……はい」

咲かせられた理由も、知られているのだろうか。

「鴨川で力を発現させた陰陽師見習いを、祝福する、とのことだ」

晴れがましさに「わ」と言ったきり、桃花は黙ってしまう。

「タカオカミノ神はたいそう喜んでいる。雫龍が京の地下水脈へ潜る際には、私とともに歌ってほしいそうだ。『君が愛せし』を」

「せ、晴明さんとですか？」

複雑だ。タカオカミノ神からの祝福と使命は、光栄ではあるのだが。

——言ってみたら、ラブソングでしょう？　晴明さんと一緒にって……。

「タカオカミノ神いわく、分身たる雫龍を鼓舞するために二人で歌ってほしいとの要望だ」

「そう言えば雫龍様は、水を詠った催馬楽や万葉集の和歌でおとなしくなったんですよね。鴨川が舞台の今様も、栄養みたいなものになるんですか？」

「栄養。うまいことを言う。その通りだ」

ドアの向こうで、晴明は感心している風だ。

「起きたら、さきがけ帖《ちょう》を開いてみなさい」

春に晴明からもらった、豆本サイズの折本《おりほん》のことだ。陰陽師見習いとしての桃花の成長が記される。

「ゆっくり休むように」

それだけ言い残して、ドアは消えてしまう。

「今様、練習しないと」

仮にあと百回練習するとして、合計で二時間ほどかかるだろうか。

「試験勉強と、どうやって両立しよう……」

腕組みして考えこむ桃花の前に、白い花びらが降りそそぐ。
——夏椿は一日か二日しかもたないんだっけ。
晴明から聞いた知識がよみがえると同時に、桃花はベッドの上で目を覚ました。
窓の外はまだ明るく、足元ではミオが長々と伸びて午睡を満喫している。
「『さきがけ帖を開いてみなさい』って。何かまた増えてるのかな」
机の端に置いてあった、紅白の格子模様の小さな折本を手に取る。
朱印帖のように広げた頁を、最初から順に確かめる。
最初の頁には、八坂神社の神紋である木瓜紋《もっこうもん》。
二番目の頁には、文言が記されている。

結び桜の子　糸野桃花
陰陽師　安倍晴明を通じて
牛頭天王と知遇を得る

どちらも春、八坂神社に祀られている牛頭天王と出会ってから現れたものだ。
その次の二頁を見て、桃花は「あった」とつぶやいた。

牛頭天王との出会いを示す文言の次に、三《み》つ巴《どもえ》の紋がある。

貴船神社の神紋、「左頭三《ひだりがしらみ》つ巴《どもえ》」のようだ。

さらに次の頁には、新たな文言が記されていた。

結び桜の子　糸野桃花
タカオカミノ神の求めにより
安倍晴明とともに歌い
夏のさきがけ祭を行う

「歌うの、決定事項だ。どうしよう」

蚊の鳴くような声でぼやく。

「まだ遂行できてないのに、言葉が出てくるなんて。前回と違う」

ベッドに逆戻りして寝てしまう自分を想像する。

しかし不思議と、そうしようとは思わなかった。

「晴明さんだったら、こんな時に尻込みしないよね。わたしと同い年の頃、お師匠様についてお仕事してた晴明さんは」

両手で宙にパンチを繰り出してみる。
晴明が見たら「陰陽師に拳闘の技は要らん」と呆れるだろうか。
――わたし、晴明さんを好きでいる方が幸せだと思う。
自分の初恋は実らないが、胸の奥に大切にしまっておきたい。
大切にしまっているうちに、いつか薄れていくだろう。
朝に感じていた頭痛や倦怠感はもうない。
眠っている間に回復したのだろう。
桃花はベッドに戻った。
休息するためではなく、寝そべるミオの腹に頬を寄せて英気を養うために。
――ミオのお腹《なか》は、白くてふっかふか。綿菓子。
喉を鳴らす音が心地よい。
飼い猫の温かさを堪能《たんのう》してから、桃花は問題集を机に広げた。

＊

それからの約十日間は、情報の洪水に溺れていた。

通学のバスでは、勉強の要点をまとめたメモを読む。

授業では、録画する機械になったつもりで集中する。

晴明の家に着いたら授業で記憶した内容をノートに書《か》き綴《つづ》る。次に、晴明の質問に答える形で授業の内容を整理し、ひと息ついたらすぐに二人で声を合わせて『君が愛せし』の練習をする。

帰宅して夕食の後、晴明の家で書いたノートを開き、教科書と比べながら不足部分を書きこむ。たびたびミオがノートの上に乗ってきたが、そんな時は一方の腕で抱えこんで勉強を進めた。

入浴し寝床に入ってから、布団に吸収されそうな小声で『君が愛せし』を歌う。

自分は本当に恋する乙女なのかと桃花自身が疑うほどに、試験と今様で頭がいっぱいであった。

それが幸いしたのか、どうなのか。

桃花は期末試験の全教科で、平均点以上を取れた、という手応えを得た。

もっとも、結果が分かるのはまだ先だ。

平均点以上と自分で思っても、他の生徒たちの頑張り次第ではそれに満たない可能性もある。

とにかく、投げ出すことなく自分にやれるだけのことはやれた。

祇園祭の前祭宵々山《さきまつりよいよいやま》も近い夕暮れ、桃花は晴明の家の縁側に茫然《ぼうぜん》と座りこんだ。

「こんにちは晴明さん。燃え尽きました」

「よくやった。だが、入るなら玄関から入りなさい」

簾が持ち上げられ、晴明がひょこりと顔を出す。

「び、びっくりしたっ。あはははは！　……あっ、すみませんツボに入っちゃって」

我ながら笑い過ぎだ。晴明は「どこが燃え尽きているんだ」と言って簾を戻してしまった。

「桃花、そこまで笑い上戸だったか？」

「疲れでテンションがおかしいかもです」

「安心しろ。大まかに言えば普段と変わらん」

えー、と言いながら玄関に回る。顔がいつの間にか笑っていた。

――好きな人に『普段』を知っていてもらえるの、嬉しい。失恋しているけど。

晴明のそばにいられることを、まずは喜ぼうと思う。望み通りに生きられない人やあやかしを、自分は見てきたのだから。

「お邪魔しまーす」

玄関に上がると、瑠璃が板の間に寝そべっていた。

桃花が「こんにちは」と声をかけると、尻尾を持ち上げるだけの気だるそうな返事をくれた。

「ご苦労。力を出しきったようだな」

絽《ろ》の着物をきっちりと着た晴明のそばに、式神の双葉が寄り添っている。着ている浴衣は、子の成長を願う麻《あさ》の葉文様《はもんよう》だ。灰褐色の兵児帯《へこおび》が男らしい。

「お帰りなさいませ、桃花どの」

「双葉君！　かっこいいねえ」

「晴明さまの、お見立てです」

どこか誇らしげに双葉は言い、晴明を見上げる。

「式神にも社会科見学は必要だからな」

「え、今から？　どこへ？」

桃花の足元で、瑠璃がニャアと高く鳴いた。まるで不満を述べているかのようだ。

「今は夏だ」

「夏です、七月十二日です」

「チョコレートが特に売れるのは、秋から冬だそうだ」

──チョコを食べに行く気だ！

　連れてってください、と言いかけたが、急いで食いつくと子どもっぽいと言われそうだ。我慢して晴明の話の流れに乗る。

「そうですよ。チョコは一年中人気だけど、夏はかき氷やジェラートみたいな冷たいスイーツと競合するみたいです」

「繁忙期は社会科見学に適さない」

　真面目くさった顔で晴明が言うので、桃花は努めて笑いをこらえた。

「今、ショコラトリーは比較的空《す》いているらしい」

「ショコラトリー！」

　今度は盛大に食いついた。ただの「チョコレート」も魅力的だが、フランス語でチョコレート専門店を意味する「ショコラトリー」はそれ以上だ。

「ショコラティエがオリジナルチョコを作ったり、ドラマの舞台になったりする、ショコラトリーに！」

「ドラマの方は知らん」

「二人で魅惑スポットへ行くんですね、悔しい」

　顔を手で覆った桃花に、晴明が「やはり今日は調子がおかしい」とつぶやいた。

「桃花が来るのを待っていたが、疲れているようだな。やはり二人で行くか、双葉」

「あああ、待ってください」

慌てふためく桃花を、双葉が不憫《ふびん》そうな表情で見る。

「桃花どの。期末試験とは、とてもたいへんなのですね」

優しい視線がひどく刺さる。

「うん……。楽々こなしちゃう子もいるけどね……わたしくらいだと、しんどい」

晴明が「で」と桃花の話を打ち切った。

「行かないのか」

「行きます！　すみません、五秒で着替えてきます」

晴明は、秀でた額を手で押さえた。

「いや、五秒はよせ。制服は脱いだらハンガーに掛けなさい」

「桃花どの。がっこうの制服で行くのはいけませんか？」

不可解、という顔で双葉が尋ねる。

「ショコラトリーに期末試験の空気を持ちこみたくないんだ。ごめんね双葉君、待っててて！」

「桃花どの、ゆっくりでいいですから気をつけて」

「ありがと！」

双葉君は時々大人みたいだ――と感心しながら晴明の家を出て、自宅に入る。

「ただいまー。試験やっつけたよー」

「お帰り。試験は殺す気で行かなあかんな！」

居間から葉子の物騒な返事が聞こえた。

廊下から覗いてみると、葉子はソファで「京都検定」のテキストを読んでいた。

「お母さん、『京都検定』受けるの？」

「まあ話の種やな。何や、急いでる感じやん？」

さすがに鋭い。

「ちょっと今から、晴明さんとショコラトリーへ社会科見学に行ってくるね」

「ええやん。小さいの三つ買《こ》うてきて。一人一粒で」

葉子は薄い小銭入れを渡してくれた。

「ありがとう。一粒でいいの？」

「高級なチョコは一粒でええの。晴明さん待ってくれてはんねやろ。急ぎや」

「はーい」

階段を上って、「ショコラトリー」という語感にふさわしい服に着替える。いつか着たくないと泣いた、胸元がレースになったブラウスとひらひらしたキュロットだ。

――何で平気なんだろ。

桃花は、自分の気持ちが分からない。

――晴明さんが好きだけどそういう対象でないのは変わらないのに。

ハンカチや葉子から預かった小銭入れを籠バッグに入れる時、取っ手に結びつけた小さな靴が揺れた。

昨年夏の台湾《たいわん》旅行で、両親が買ってくれた御守りだ。台湾では、子どもは十六歳までこの御守りを持つのだという。その基準では、八月十一日の誕生日を迎えるまで桃花は子どもということになる。

――たぶん、子どもの恋なんだ。だから、相手にされなくても、たいした傷になってない。

子どもの恋だから、さほど痛くないのだ。

籠バッグを大事に抱えて、桃花は階段を下りた。

十七歳まで、あと一ヶ月ある。

それまでにこの傷はかさぶたになっているはずだ。

＊

京都市街の中心部まで行けば祇園祭の鉾《ほこ》が建ちお囃子《はやし》が流れているはずだが、八坂神社周辺はまだまだ静かだ。

町家の並ぶ花見小路《はなみこうじ》からさらに細い道に入ると、ちりめん山椒《さんしょう》の店や持ち帰り専門の和菓子屋、普通の住宅が入り交じっていた。

「ショコラトリーは和菓子屋の角を曲がった所にある」

桃花と双葉を左右に従えた晴明は、引率の教師よろしくそう言った。

「こういう場所にあるってことは、隠れ家的なショコラトリーなんですね？」

秘密めいた予感に桃花はそわそわする。

「細い路地にあるが、有名店らしい」

「隠れ家なのに、ゆうめいとは。いまの京都は面白うございますね」

まさに社会科見学といった風に、双葉は感心している。

「そうだな。色々と秘訣《ひけつ》があるらしい」

「ゆうめいになる、ひけつとは」

「外装は手入れした町家で、暖簾に染めた店の屋号は洋風にしてある」

「そういうの可愛いと思います」

桃花が言うと、双葉は「なるほど」とうなずいた。

「当世のあきないには、くふうが多いのですね。店に物が並んでいればよかった時代とはちがいます」

いつの話をしてるんだろう、と疑問に思う桃花をよそに、晴明の解説は続く。

「種類も多く、一粒から買える。一年三百六十六日の誕生花を意匠化したチョコレートが名物だそうだ」

桃花の脳内に、花屋の店先のごとく色とりどりの花が舞った。

「いいなぁ。誕生日や記念日に買いたくなります」

「たんじょうか、とは……何でしょう」

双葉が不思議そうに聞き返す。

「現世のならいだ」

晴明の説明が簡潔すぎるので、桃花は補足することにする。

「公式に決まってるわけじゃないんだけど、その日にちなんだ、その日に関係があるとされる花のこと。お花に関わる団体とかが決めてるのかな」

「桃花どののたんじょうかは、何ですか？」

「パキスタキス・ルテア！」

花の名前を唱えると、双葉は予想通り、ふいを突かれた顔になる。

「がいこくの花ですか」

「うん。オレンジ色の穂から白い花がちらっと出てるの。花言葉は『美しい娘』」

自分で言っておいて軽い羞恥が湧き、「立派すぎるね」と付け加える。

「そのようなことは、ありません」

双葉が首を左右に振る。

「花ことば、とは、その花によって伝えるめっせーじ。『うつくしいむすめ』、良い花ことばです」

双葉の物言いは、どこか現世について学んでいる時の晴明に似ている。

──面白いけど、表情は似ないといいな。

ふと気になって、晴明の端整で陰鬱そうな面輪を見る。

晴明は、式神に誕生日というものを与えているのだろうか。

「双葉。誕生日を決めようか」

「あっ。決めよう、双葉君」

桃花は祝い事に列席した気分になる。

双葉の表情は、パキスタキス・ルテアの名を聞いた時よりも平静であった。沈思黙考、という四字熟語を桃花は思い出した。

「……わたしが自分で決めても、よいのですか」

「ああ」

「では、今日にいたします」

——ぱぱっと決めちゃっていいの、双葉君？

何か望ましい日はないのだろうか。たとえば、慕う人物と同じ日や、過去に良いことのあった日だ。

「わたしは今日はじめて、誕生日なるものを意識しました。今日この日、七月十二日を誕生日にいたします」

双葉の気持ちを聞いて、口出ししなくて正解だった、と桃花は思った。あやうくお節介をするところであった。

「そうか。誕生日おめでとう、双葉」

「おめでとう、双葉君」

「ありがとう存じます」

おもたせ専門、と看板を出した和菓子屋の角を曲がる。晴明の話の通り、洋風のロゴを染めた暖簾が町家の軒先で揺れていた。

「いい感じ」

格子戸の向こうに橙色の明かりがともっている。

一階の屋根には瓦と同じ材質の鐘馗像《しょうきぞう》が置かれて睨みを利かせている。全高十センチほどと小さいが、鬼瓦と同じく屋根に施された魔除《まよ》けだ。

《鐘馗様ばかり見ておいでか。わしの方が目立つでありましょうに》

――ん？　男の人の声がする。

どこだろう、ときょろきょろする桃花に、晴明が「二階の屋根だ」と言う。

見上げると、一匹の白い狐が二階の屋根にちょこんと座っていた。

尻尾の真ん中から先端に向かって薄いココア色に染まっていて、確かに少々目立つ。

《高き場所より失礼いたす。わしはこの店の庭に祀られた稲荷神の使い》

と、ココア色に染まった尻尾を一振りする。

《噂《うわさ》に名高き安倍晴明公と見込んで、お願いがございます》

「妙なあやかしがいるな。獣と墨の匂いがする」

淡々と晴明は言うのだが、桃花にはまったく分からない。

ショコラトリーの白狐は、我が意を得たりとばかりに大きく尻尾を振った。

《さすが、察しがお早い》

機敏な動きで、白狐は鐘馗像の隣に下りてきた。

――サイズ感だけ見たら、鐘馗様がペットみたい。

まじまじ見ている桃花を、白狐が見返す。

《そちらは結び桜の子と、式神の双葉どのでございましょうか。晴明公について修行中に、お邪魔いたします》

「きつねどの、おかまいなく」

双葉に倣って、桃花も「おかまいなく」と小声で応えた。

白狐は、隣の鐘馗に視線を向ける。

《この鐘馗様がおっしゃるには――内気なお人ゆえ、わしが代わりにお話しいたすが――七月に入った日、着物を着たイタチが店に寄ってきたそうな》

着物を着たイタチ、ということは二足歩行なのだろうか。

晴明の言った獣の匂いとは、イタチの匂いなのか。

桃花は想像しながら、白狐の話に耳を傾ける。

《店や人に害をなそうとする邪気を持つ者ならば、鐘馗様も対抗できるのですが。ど

うもこのイタチが、楽しそうで楽しそうで、太刀打ちできなんだとのこと》

——あっ、それはがっかりしちゃいますね？

物言わぬ鐘馗が、心なしか困り顔に見えた。

よく見ると真新しい鐘馗のようだ。新人なのかもしれない。

「楽しそう、とは？」

晴明が聞くと、白狐は《何と申しますか》と目を細めた。

《筆で、絵を描くのでございますよ》

まだ見ぬあやかしが、突然自分と近しく思われた。

絵を楽しんで描く。自分もその営みを知っている。

《事情を聞きたいのですが、絵を描きはじめると周りの音が耳に入らぬ様子》

無体に追い払ったりはしないから、事情を聞きたいのだ、と白狐は言った。

「なるほど。邪気がないならば、ある程度は桃花に任せよう」

——いいんですか？　わたしで。

試験が終わったと思ったら、新たなる試練だ。しかし雫龍を着々と育てている晴明の前で泣き言は止《よ》そうと思う。

「桃花。『方円の桃』は持っているな？」

「はい、ポケットに」

方円の桃なら、いつも持ち歩いている。

正方形の帳面に晴明が円を描き、その中に桃花が桃の花を描いた厄除けの呪符だ。

「絵を描くあやかしならば、桃花の絵に反応するだろう。その隙に私が封じる」

――もしかして、わたしの絵がうまいってことですか？　あやかしに注目される程度には。

桃花は高揚感に胸を弾ませた。

かなわない恋だからといって、腐っているのはつまらないとも思う。

《話が決まったようで何よりでございます。では、わしはこれにて失礼。庭に買い物客が見物に来ましたゆえ》

白狐が跳ねた。二階の屋根の向こうへ姿を消す時、《誕生花ショコラもよろしければご購入を》と言い残して。

「さすがは商売繁盛の神の使いだ」

暖簾をくぐっていく晴明を、桃花は双葉と並んで追いかけた。

＊

暖色の灯《あか》りに輝くショーケースが、店の奥まで続いている。

奥行きのある町家の造りとチョコレート一粒あたりの小ささを利用して、多様な商品を並べる方針らしい。

入り口近くのショーケースには七月の誕生花を描いた丸いチョコレートが並び、奥に向かって八月、九月、と十二ヶ月分並んでいる。

——本当に一年分の誕生花ショコラがある！

あやかしの出現に備えながらも、桃花は驚嘆していた。しかも、どの花も愛らしくデフォルメされて、京菓子のような風情だ。町家で売られていても違和感がない。

「桃花どの。『パキスタキス・ルテア』が」

双葉が八月のショーケースの前で手招きする。見に行くと、オレンジ色の穂先と白い紡錘形《ぼうすいけい》の花が、小さなチョコレートの上に見事に表現されていた。

「可愛い。これ自分用に買おうかな」

ショーケースに添えられた説明書きによると、京都在住のデザイナーたちが花々の図案を作成し、それを食品用インクでプリントしたのだという。

「どの花も、琳派《りんぱ》の絵みたい。大胆な簡略化と、柔らかい曲線」

双葉は「わかります」と応えた。

「琳派とよばれる画家や陶芸家は、簡略化したしょくぶつ、どうぶつを巧みに描きました。尾形光琳《おがたこうりん》の、まあるい菊の花。神坂雪佳《かみさかせっか》の、まあるい白梅の花。キノコのような松の木」

「そう、そう。琳派の絵には細かい描写もあるけれど、デフォルメも上手《うま》いの」

「それも、わかります」

浴衣の胸を張って、双葉はにっこりとする。

「きょねん桃花どのが貸してくれた『かわいい琳派』を晴明さまと読んだので、わたしも少し詳しくなりました」

「可愛い本だよね」

双葉が挙げたのは、去年の桃花の誕生日に良介がくれたプレゼントだ。書名を聞いて晴明が興味を示したので、授業のついでに貸したのだった。

「双葉君のも見ようよ」

七月十二日の誕生花は、白い小花が集まったノコギリソウであった。こちらも、小花を単純化して白い丸で表現している。

「ノコギリソウ。くすりになる花です」

双葉は意匠の可愛らしさよりも、誕生花の用途を気に入ったようだ。

「わたしはまんぞくしました。晴明さまのは」

と、双葉が店の中央へ目をやる。

冬の誕生花ショコラが並ぶあたりで、若い男女が仲睦《なかむつ》まじく話している。晴明はその後ろで、壁に描かれた白梅を観賞している――ように見えたが、そうではなかった。

晴明が見ているのは、壁に白梅の絵を描いている細長い獣であった。

右手に筆を持ち、残りの手足でイモリのごとく壁にへばりついている。首に朱色の布を巻き、白地に赤と茶の縦縞《たてじま》の着物を着ているので、桃花は一瞬（ベリーショコラパフェのあやかしかな？）と思ってしまった。

――あの細長い体、イタチだ。イタチだよね？

桃花は双葉と顔を見合わせる。

言わずとも良い、といった風に、双葉がうなずく。

ポケットから方円の桃を出し、晴明とあやかしに近づいていく。

――この白梅、神坂雪佳さんの描いた白梅そっくりだ。

何度も『かわいい琳派』を紐解《ひもと》いたので、目に焼き付いている。

芸術家・神坂雪佳は、画集『百々世草《ももよぐさ》』で白梅の花を綿菓子のごとくふんわりした形にデフォルメし、枝は平仮名の「く」や「し」に似た黒い曲線で表現した。

今まさに、イタチが壁に描いている絵だ。

――気づいてくれるのかな。一生懸命描いてるけど。

ポケットから方円の桃を出す。こちらは同じ京都の絵師でも、伊藤若冲《いとうじやくちゆう》の描いた桃を参考にしている。いわゆる琳派の絵師ではない。

イタチが壁に貼りついたままこちらを見た。桃花の顔ではなく、手にした呪符を見ている。黒い小さな目がまばたきした。

晴明が桃花に顔を向ける。その手には、「封」と書かれた四角い呪符があった。

尻尾が弧を描き、イタチの体が壁から剝がれる。

持っていた筆もろとも晴明の呪符に吸いこまれて、壁の白梅も消えた。

晴明の前で誕生花ショコラを見ていた男女が、ひそやかな談笑を続けながらエクレアの並ぶショーケースへ移動していく。何があったのか、他の客たちも店員も見えていないようだ。

「新暦では私の誕生日は二月二十一日らしいが」

何事もなかったような顔で、晴明は呪符を腰の巾着に入れた。

「誕生花は瑠璃唐草《るりからくさ》だそうだ」

ショーケースに「二月二十一日　瑠璃唐草（ネモフィラ）」と書かれた小さな札がある。瑠璃唐草は、青い四枚の花びらを持つ可憐《かれん》な花であった。

「るりの目の色です」

同じく何事もなかったかのように、双葉がショーケースを見て相好を崩す。

「こうにゅう、しますね？」

嬉しそうに双葉が言い、晴明が「瑠璃に見せてみよう」と答える。

「桃花」

晴明の視線で、右手に方円の桃を持ったままだと気づく。そっとキュロットのポケットにしまった。

「ご両親の分も探そうか」

「はい。晴明さんは、大丈夫ですか」

――雫龍様を宿した状態で「封」の呪符を使っても。

省略した部分を、晴明は了解したようである。「問題ない」とだけ短く答えた。

エクレアのショーケースの陰から白狐が顔を覗かせた。

《かたじけない、お三方とも》
ショコラトリーの白狐は、丁寧に頭を下げた。
この時ようやく、桃花は両親の誕生花ショコラを探せるだけの余裕を取り戻したのだった。

*

夕暮れの板の間で、晴明は巾着を外して逆さまにした。一応、座布団の上である。

「ぎゃっ、南無弁財天《なむべんざいてん》！」

水と技芸の女神への祈りの言葉を吐きながら、イタチは座布団に着地した。手には、やはり筆を持っている。

「店の稲荷が困っていたようだぞ」

晴明に見下ろされて、イタチは「ぬっ」と決まり悪げな声を出した。

「な、何者だ」

「通りすがりの陰陽師、と言っておこう」

普通陰陽師は通りすがったりしないと桃花は思うのだが、イタチは頓着しない。

「私を祓《はら》う気か」

と、妙に冷静に尋ねた。

「わたしたちは稲荷の御使いに、あなたの事情を聞きだすよう頼まれたのです」

双葉が補足する。桃花も、何か分かりやすく話してやらねばなるまい。

「あの、あなたは一生懸命描いていて、稲荷の御使いの声に気づかなかったみたいです」

「おう……今思えば、すまぬことをした」

イタチは、鼻先をぽりぽりと掻いた。

「あの店で、誰かに話しかけられていた気もするのよなぁ」

「分かっていたのだな」

晴明が確認するかのように合いの手を入れる。

「だが、集中するとたびたび周りの音がはっきりしなくなるのよなぁ。私を使っていた者と同じ癖じゃ」

「使っていた者とは、神坂雪佳か」

イタチの目の前に座って、晴明は尋ねた。

「その通り。私は明治の終わり頃から大正の初めにかけて、神坂雪佳に使われていたイタチ毛の筆。世に言う付喪神じゃ」

「なるほど。君は百年以上前の筆か」

付喪神とは、古い器物の化けたあやかしだ。九十九を「つくも」と読むので、作られて九十九年を超えた器物のあやかし、という意味もあるらしい。

「朱色の紐を結んだ、お気に入りの筆が私であった」

イタチは、自分の首に巻かれた朱色の紐に触れた。

「私は、あの店の庭の奥、蔵の中にしまわれてあった」

町家を改装したショコラトリーは、もともとあった稲荷の社や蔵などを保全しているらしい。

「おお。蔵の中の物品を持ち出してしまったな」

さほど深刻ではない風に、晴明は言った。

「付喪神に変じた筆を呪符に封じて持ってきてしまったわけだ」

「や、やばくないですか、わたしたち」

「何、店の者に気づかれずに戻す手段はある。安心しろ桃花」

「安心っていうかある意味不穏ですけど……イタチさんは、どうして最近出てきたんですか？」

桃花が尋ねると、イタチは「そのことじゃ」と声を大きくした。

「あの店の持ち主が蔵を掃除した際、私の入っていた桐箱《きりばこ》が開封されたわけじゃ」

「ん、待って、待って」

思わず桃花は前のめりになった。

「もしかしてショコラトリーの持ち主は、オーナーさんは、あの神坂雪佳さんのご子孫ですか？」

桃花にとってはヒーロー的存在だ。京都の美術界・工芸界を活性化させた人物であり、桃花の志望校の前身である美術工芸学校の教諭も務めている。

「子孫ではないはずじゃ。誰が使った筆か分からん、と言っておったのよなぁ」

「じゃあ、あなたが神坂雪佳さんの持ち物だったって、みんなには分からない……？」

桃花は前のめりのまま、イタチの小さな目を見つめた。自分でも、悲しげな声になっているのが分かる。

「偉業を支えた筆なのに」

「ま、まあ、落ち着くのじゃ。土下座のような格好になっておるぞ」

イタチが前足で桃花を押しとどめる。肉球の愛らしさを見て、はっと我に返った。

「ごめんなさい。怖かったですよね」

「桃花。人前で土下座のような格好は止しなさい」

「はぁい」

しゅんとした桃花の背を、どんまい、とでも言うように双葉がなでた。

「それでまあ、出所不明の私ゆえ、十一月二十三日に行われる東福寺《とうふくじ》の筆供養でお焚《た》き上《あ》げされることが決定した。つまり、付喪神としての死を迎えるのよなぁ」

――おおごとじゃないですか！

もう一度前のめりになってしまいそうだ。

「何とか止められないですか、晴明さん」

「まあまあ、娘さんよ。この姿を見よ」

手に持った筆を、イタチは掲げてみせた。

毛先が少しばかり乱れている。

「幸いかびてはおらんが、毛先はどうにもならんのよなぁ。練習用ならともかく、本格的な日本画にはどうじゃ？」

「それは……あなたの言う通り、かもしれません」

毛先が乱れた筆は、確かに練習用だ。

「使用に耐えられる姿ではなかろう。これが我が本体。筆供養に持っていってくれるだけでも、まあ人情を感じておるのじゃ」

反論できなくなって、桃花は黙った。神坂雪佳の使っていた筆だとはっきり分かれば、博物館なり美術館なりに所蔵されると思うのだが。

「せめて十一月二十三日、東福寺の塔頭《たっちゅう》たる正覚庵《しょうがくあん》でお焚き上げされるまでは、雪佳の画業を偲《しの》んで目一杯絵を描こうと思ったのよなぁ」

「だから、お店の壁の余白に絵を描いてたんですね」

「集中するあまり、白狐の声に気づかなかったわけだ」

晴明は板の間に胡座《あぐら》をかいて、何やら思案している様子だ。裾から出ている脚を直視するのが気恥ずかしく、桃花は視線をそらす。

「しかし、娘さんの持っていた桃の花には心惹かれた」

「ほ、本当……？」

照れくささを押し隠しつつ、桃花はポケットから方円の桃を取り出した。

「あの、実は、この人との合作なんです。陰陽師の安倍晴明さん」

「何と！　南無弁財天」

イタチはまたしても弁財天の名を口にして、座布団の上でひっくり返った。

桃花は高校生で晴明の弟子、双葉は晴明の式神と聞いて、イタチは口をあんぐり開けてしまった。

「何と、何と。普通の少年少女と思うたに」

その感嘆に、双葉が「おそれいります」と微笑した。

「これは『方円の桃』っていう厄除けの呪符です。あなたは『厄』ではないけれど、絵なら注目してくれるかもって晴明さんが」

伊藤若冲の天井画を参考に、円の部分を晴明が、内側の桃の花を自分が描いたのだと桃花が説明すると、イタチは「うむ、うむ」と首肯した。

「稀《き》代《たい》の陰陽師・安倍晴明と、琳派の美に憧れる少女の合作とは。道理で私が心惹かれるはずよなぁ」

絵の技術自体を褒められているわけではないようで、精進せねばと桃花は思う。

「桃花氏は、絵の修業をしておられるか」

風変わりな呼び方に、桃花はつい微笑んでしまう。

「京都の芸大に入りたくて、勉強中です」

「なるほど。若いが上手い。線が素直よなぁ」

イタチは方円の桃に鼻先を近づけたり逆に離れたりして、じっくりと観賞した。

「ありがとう。そこまで褒めてもらえると思ってなかったから、嬉しい」

「桃花氏。琳派の画風を継いで、蝶の図案を描いてくれぬか」

「え？ ええと、芸大にも入ってないのに、いいんですか。琳派の画風を継ぐって」

慌てふためいて、手を踊りのようにせわしなく動かした。

「桃花どの、ねんれいから言って、芸大に入っていないのはあたりまえ。ご謙遜なさいますな」

双葉に言われて「うう」と詰まる。

「桃花。琳派は、世襲制というわけではない。琳派の芸術家に別の芸術家が私淑《ししゅく》することでつながってきた流れだ」

「そう……です。私淑するだけなら、何歳でもできるとは思います」

私淑とは、尊敬する相手に直接会って教えを受けられなくとも、模範として慕い学ぶことだ。

「謙遜しているのは分かった」

晴明は器用に、裾を乱さずに正座した。

「桃花は『現代の琳派』と呼ばれる芸術家にはなれないと言うのだな」

「なれる・なれない以前に、恐れ多すぎです」

「だが、技芸の道とは先人たちに倣うものだ。和歌でも華道でも茶道でも」

その通りなので反駁《はんばく》できない。

「今ここで提示された課題、すなわち『琳派の流れを汲みつつ蝶の意匠を生み出す』に取り組めなければ、芸大で日本画を学ぶなど到底危うい」

「うっ。実際世に出られるかどうかと、先人の偉業に倣って腕を磨くことは別、ってことですね」

「分かってくれたか」

「僭越《せんえつ》ながら、描かせていただきます」

メモ帳とペンを出し、とにもかくにも手を動かして蝶を描いてみる。

「家紋の蝶は大きな目玉がついてたり足を六本全部太く描いてたり、パーツを強調する場合がある。でも、琳派の流れ……特に神坂雪佳さんなら、もっとシンプルなはず」

細長い胴体の右側に、三枚の羽を描く。

飛んでいる最中の蝶だ。残りの一枚は隠れて見えない。

「それから、触覚を二本。全体の形はこれ以上詳しくしない方がいい」

「うむうむ。桃花氏は分かっておるな。琳派の空気を」

イタチはどうやらおだて上手のようだ。

「でも、どうして蝶の図案を？」

「今頃気になったのか、桃花」

なぜか晴明は苦笑している。

「使命が重すぎてびっくりして、聞きそびれたんです」

思わず拗《す》ね気味に返す。

「あの、イタチさんじゃ変だから、イタチ筆さんって呼んでもいいですか？」

「かまわんよ」

桃花がつけた呼び名に、不満はないようだ。

「神坂雪佳さんは、植物も動物も人間も描いたのに、どうしてイタチ筆さんは、蝶の図案がいいんですか？」

「雪佳は『蝶千種《ちょうせんしゅ》』という図案集をものした。あれは、特に楽しい仕事じゃった」

「そうだったんですね……蝶だけで……。考えてみたらすごい」

雪佳自身も蝶への愛着があったのだろうと桃花は想像した。

蝶というモチーフへの可能性も感じていたかもしれない。

「晴明公。雪佳の『蝶千種』を、一部だけ描いてみせても良かろうか？ この板の間の天井に。ご迷惑でしょうが、すぐ消えますすゆえ」

「ほう」

晴明は、迷惑どころか楽しそうだ。

「では頼む」

言いながら、板の間にごろんと仰向けになってしまった。

「何してるんですか、晴明さん」

「座ったままでは首が疲れる」

平然と言われると、まるで自分が愚問を投げかけたような気持ちになる。

「わたしには土下座ライクな格好はやめろって言ったのに」

「土下座と仰向けを一緒にするな。桃花も楽にしていい。双葉も」

「ではおことばに甘えて」

すてん、と軽い音を立てて、双葉も晴明の隣で大の字になる。

――ええと、この状態だとわたし、好きな男の人の横で寝転がることになる。

困った。いや、自分が意識しすぎなのか。

「桃花氏、お手数だがこの部屋、棚などで壁面が埋まっておるゆえ。天井が最適なのよなぁ」

まったくその通りで、壁際には本棚、晴明の所蔵する陶磁器などが収まった棚、天体望遠鏡などが並んでいる。壁に絵を描こうとしたらこまごましたサイズになってしまう。

　和室に移動しようにも、壁に充分な空間があるかどうかは怪しい。

「ううん、ごめんなさい。お願いしますっ」

ちょっとした覚悟を決めて、桃花は板の間に寝転んだ。晴明を挟んで、桃花と双葉が川の字になる格好だ。

「なれば、いざ」

蛇がしなるような動きで、イタチ筆が壁面を垂直に走る。天井に貼りつくと、筆を天井にひたりと付けた。

　結んだリボンに似た、極限まで単純化した蝶が天井に描かれる。

赤色、薄桃色、橙色、藤色、檸檬色。イタチ筆が大きく身をひねると、蝶たちの背景に水色が広がった。

「すごく大胆な表現なのに、かわいい」

　夢見るような心地で、桃花はつぶやいた。

　本のタイトル通り「かわいい琳派」だ。

「桃花氏。雪佳が陶磁器の図案も担っていたのはご存じか」

案内人のごとくイタチ筆は言う。

「あ、はい。『光琳水《こうりんみず》』って呼ばれる、渦を巻いた流水文様の図案を本で見ました。白い磁器に、青いコバルトの染料で。染め付けの器ですよね」

「さよう。尾形光琳風の流水文様で神坂雪佳が図案を描いた」

「当世ふうにいえば『コラボ』ですね」

「それだ、双葉」

桃花は小さく笑った。現世に詳しくなった双葉を可愛く思ったのと、仰向けでもすかさず双葉を褒める晴明の様子に、やっぱりこの人は面白い、と思ったためだ。

「雪佳は、いや、雪佳と私は、青と白の染め付け磁器のような蝶も描いた」

リボン風の蝶たちが消え、新たな蝶が描かれていく。

純白に藍色の模様を持つ蝶たちが天井に広がる。一羽《わ》一羽《わ》、模様が違う。

桃花は天井の蝶たちを指さしてみる。知っている図形が、あちこちに隠れていた。

「木の葉形、三日月形、扇形。現実の蝶よりも、模様が装飾的」

「さよう。さらなる挑戦もしたのよなぁ、我らは」

雪佳と自らを「我ら」とイタチ筆は表現した。

黄と紺と焦げ茶の三色を基調とした、新たな蝶たちが描かれる。そこにもまた、桃花の目を惹く装飾的な模様があった。

「オクラを縦に割ったような形、鬼灯《ほおずき》みたいな形、波の形、梅の蕾《つぼみ》みたいな形」

指さしながら見つけていくうちに、晴明に教わった言葉を思い出した。夢にも出てきた、ワーズワースの言葉だ。

「晴明さん。『自然を君の教師とせよ』ですね。ワーズワースの」

「ああ。雪佳がワーズワースの詩文を読んでいたかどうかは分からんが、雪佳の方が百年近く後に生まれている」

真珠色の光が天井へ立ち上る。

晴明の胸のあたりから、雫龍が身を伸ばしていた。

蝶の図案とたわむれるかのように、天井に向けた鼻先を揺らしている。

「おおお、龍が？」

イタチ筆が声を上げた。尻尾が倍の太さに膨らんで、驚きを露《あら》わにしている。

「ああ、言っていなかった」

けろりとした声で晴明が言う。

「ゆえあって今、貴船の水の神から分身を預かっている」

「何と。では今の晴明公は、神のような存在」

「似たような役割は果たさねばならん」

今年は暑いので、京の南を守る朱雀が疲弊している。地下水脈の乱れを直せば朱雀を癒やせるので、貴船の水の神の分身を預かっている――という事情を、晴明は話さなかった。あやかし相手とはいえ、そうそう表に出せる話ではないのだろう。

「はあ……ご苦労さまなお話だが、美しい姿よなぁ」

天井に貼りついたまま、イタチ筆は感嘆している。

「雫龍様は、蝶が好きなのかも。貴船川へ行った時も、飛ぶクロアゲハにつられて首を動かしていて」

青葉と清流を背景に飛ぶクロアゲハを思い出した瞬間、桃花は起き上がっていた。

「描けそうです。琳派の流れを汲んだ、新しい蝶の図案」

「ややっ」

イタチ筆が床に舞い降りる。同時に天井の蝶たちが消え、雫龍は残念そうに晴明の胸へ吸いこまれていく。

「蝶と、水の流れ……」

手を宙に動かして、蝶と流水文様を描く。

ただの流水文様ではない。

単純な渦がワラビのようでユーモラスな、光琳水だ。

メモ帳を手に取って、先ほどの蝶の頁を開く。細長い胴体、閉じかけた羽、二本の触角。

「この蝶はアゲハに似た形。クロアゲハもアゲハも網目っぽい模様だけど、光琳水みたいな渦巻きの流水文様を描いたら……」

「おお。それは、優美よな」

イタチ筆の声に励まされて、桃花はワラビに似た渦と、うねった水の流れを蝶の羽に描いた。

「名付けて『流水文揚羽《りゅうすいもんあげは》』です」

できあがった図案を、まず一番にイタチ筆に差しだした。

小さな肉球でメモ帳を押し頂いて、イタチは目を細めた。

「嬉しいことよなぁ。雪佳の愛した蝶、雪佳の親しんだ流水文を、当世に生きる少女が図案にしてくれた。ありがとう存じる」

「どういたしまして。コラボのメンバーが一人だけ若輩者ですけど」

謙遜でなく、桃花は自分だけ役者不足だと思った。

実際、芸大の試験で図案を描けと言われた場合、この流水文揚羽を提出して受かるかどうかは分からない。

「いやいや、どうして、どうして。桃花氏は鋭い。『イタチ筆』という呼び名も、雪佳が実際に私を呼んだあだ名。付喪神ではなく、ただの筆であった頃に」

イタチ筆は、前歯を見せている。笑っているのだ。懐かしそうに。

「晩秋にお焚き上げされる私に、良き思い出ができた」

死んでいく人を見守るような気持ちになり、桃花は胸が痛くなる。自分にとって、新しい表現を生み出す契機になってくれた存在だ。

「イタチ筆よ」

晴明が呼んだ。

いつの間にか、晴明も双葉もそばに腰を下ろしている。

「本体は、正覚庵でお焚き上げされるかもしれん。しかし、魂だけどこかへ腰を落ち着けるつもりはないか」

——できるんですね、晴明さん。

期待を込めて、桃花は晴明を見つめた。

「そ、そのようなことが？」

「たとえば……どこかの弁財天の社で、弁財天の持ち物になる」

「ほっ？　せ、晴明公？」

頓狂な声を出した後、イタチ筆は咳払いをした。

「おほっ、ごほん。それは、光栄だが。恐れ多いような」

「先ほども繰り返し『南無弁財天』と言っていただろう。弁財天としてもまんざらではないはずだ」

「技芸の神、絵に用いる水の女神ゆえ、お慕い申し上げておった。いやそのう、弁財天様さえ、お嫌でなければ」

桃花のメモ帳を抱きしめたまま、イタチ筆は目を見張っている。

——良かったですね。わたしも、安心しました。

実際にどこへ腰を落ち着けるかは決まっていないものの、桃花は嬉しかった。イタチ筆が消えずに済むことも、晴明がイタチ筆を救う提案をしてくれたことも。

部屋の隅に置いたバッグから、スマートフォンの振動音が響いた。

外が暗くなりかけているのに気づいて、両親の顔を思い出す。

もう夕食の時間が近づいているのだ。家族三人の誕生花ショコラを、両親も楽しみにしているだろう。

画面を確認すると、果たしてその通りのメッセージが葉子から届いていた。

「ごりょうしんがお待ちですか、桃花どの」

残念そうに双葉が言う。

「うん、『早く帰ってくるように』って」

「私のところで、神坂雪佳について教わっていたと言えばいい。イタチ筆にはまた逢えるから心配するな」

晴明の助言がありがたい。

「ありがとうございます。イタチ筆さん、今日は面白かった……」

「こちらこそじゃ」

イタチ筆と笑顔を交わし合った直後、頰に何かが触れた。

晴明が、頰に指先をすべらせている。

「わ、わ」

とっくに指は離れていったのだが、桃花は驚愕で動けない。

「顔にメモ帳の切れ端が付いていた」

晴明が人差し指の腹を見せた。

なるほど、凸形にちぎれた紙の切れ端が載っている。メモ帳がリング式なので、いつか頁をちぎった時の切れ端が残っていたのだろう。

「すみません。メモ帳に蝶を描いた時、気づかずに顔に触ってたかも」

「床に落ちた切れ端が、床に転がった時に付いたのかもしれん。いずれにしろ、顔にゴミをくっつけた娘を親御さんの元に帰すわけにはいかん」

晴明は生真面目な顔で言った。

狼狽《ろうばい》した自分が馬鹿馬鹿しくなって、桃花は座りこみたくなる。

強い風が吹いて、簾が大きく揺れる。

わずかな隙間から百日紅の花びらが忍びこみ、板の間に金平糖のごとく散らばった。

京都に夏が闌《た》けているのだった。

第三十五話・了

第三十六話

水は交わり流れる

華やかな舞妓や芸妓が行き交う祇園は、高校生の自分には縁遠い場所だ。

京都に引っ越してきた当初、桃花はそう考えていた。

しかし、一年あまり経った今は違う。

清らかな庭園や心ときめく可愛らしい店をいくつも隠しているこの祇園は、思っていたより親しみやすい。

今、花見小路の石畳を歩きながら向かっている店も、新たな桃花のお気に入りになるに違いない。

何と言っても、誘ってくれたのが時子なのだ。

──時子さんとお茶会、あんこのマカロンでお茶会。

ワンピースの腰で弾むショルダーバッグには、晴明の部下の一人、時子からの招待状が入っている。


もうすぐ画塾の選考試験に臨まれるとのこと、応援しています。

試験の後で、二人でおつかれさま会をしませんか？

(わたしも、からくさ図書館での百物語会を控えているので)

祇園に、あんこを挟んだマカロンのお店があります。

季節のあんこマカロンと、七月のお菓子が盛り合わせになっているそうです。

ぜひご一緒に。


追伸　雫龍を身に宿した晴明様へのご助力、ありがとうございます。

部下として御礼申し上げます。

お二人が、夏のさきがけ祭を無事に斎行されますように。


式神の双葉を経由して届けられたこの招待状を、桃花は繰り返し読んだ。

あんこを挟んだマカロンに興味津々、という理由もあるが、桃花へのねぎらいが嬉しかった。

——至らないとこが色々あるのに、お礼言われちゃった。

時子は二十歳手前の華奢《きゃしゃ》な少女の姿をしていて、桃花にとっては憧れの対象だ。長い栗色の髪に、今日はどんな服を合わせているのかひそかに気になる。

——わたしも大学生になったら着てみる。いつか見た黒いレースの服とか。

舞妓たちの名札を掲げた置屋の角を曲がって、細い路地に入る。

花見小路と同じように町家が目立つその路地に、時子の指定した店はあった。

町家を大胆に改装して、格子窓の代わりにショーウィンドーが設けられている。

店内を窺《うかが》うと、白を基調とした内装と、ソファに座った浴衣姿の時子が見えた。

――時子さん、今日もうるわしガール！

本人が聞いたら苦笑しそうな歓声を、心の中で上げた。

藤色の浴衣が、アップにした栗色の髪と華奢な首筋によく似合う。

こちらに気づいた時子が手を振った。まるでアイドルのような笑顔で。

「きゃあ」

小声で言いながら手を振り返す。

若い男性の店員がガラス越しに笑顔を向けてきたので、桃花はぺこっと会釈した。怪しいと思われたかもしれない。

店内には、甘い焼き菓子と抹茶の香りが漂っていた。

陳列された色とりどりのマカロンは淡い色が中心で、和の雰囲気を感じさせる。

「時子さん、お仕事お疲れさまです」

「桃花さんも。試験お疲れさま」

「頑張りましたよー」

座ったソファは適度に柔らかい。桃花は心地よさのままに「ふわあ」と気の抜けた声を出した。

「全力投球だったみたいね」

「全部出しきって、抜け殻です。甘い物欲しいです」

一燈画塾での面接試験を終えてすぐにバスに乗り、祇園まで来たところだ。身も心も休息を求めているのが自分でも分かる。

「いよいよ明日ね」

布で装丁されたメニュー帖を開きながら、時子が言った。

「いよいよ、です」

雫龍は充分に育った。

明日の夜は朱雀の宿る神社・城南宮《じょうなんぐう》で、さきがけ祭が行われる。

晴明とともに『君が愛せし』を歌うのは明日が最後だと思うと、ほっとするような、寂しいような心地がする。

「画塾の試験って、どんなお話をしたの？」

興味津々、といった体で時子が尋ねる。

時子はもともと平安時代の姫君——賀茂社《かもしや》の二代目斎院《さいいん》・時子内親王《ときこないしんのう》なのだから、現代の画塾の話はさぞ珍しいだろう、と思う。

「提出した鉛筆デッサンや自由課題、小論文について質問されました」

「提出物三つが一次選考だったわね」

「自由課題は両足院の半夏生を背景に、渡唐天神様と自画像を並べたんですよ。渡唐天神様は梅の枝、わたしは桃の枝を持って、恵みの雨も降らせて」

「面白い組み合わせ。何て聞かれたの？」

「どうして普通の天神様の図像ではなく、渡唐天神なのかって。焦りました。まさか、出会ったきっかけを話すわけにも行かないし」

時子は薄い珊瑚《さんご》色《いろ》に彩られた唇で、ふふ、と笑った。

「桃花さん、何て答えたの？」

「『渡唐天神を介して、中国大陸に注がれる雨の恵みへと想像が広がるように描きました』って。実際、制作中にそう思ったから」

「なるほどね」

「面接担当の先生には『一般向けには分かりにくいね』って言われちゃいました」

「いいのよ、京都の芸大に行くんだから。渡唐天神を一般向けに広めちゃう勢いで」

今度は、桃花が笑ってしまった。

——時子さん、さすが賀茂の斎院。強い。

伸びやかなスケールの大きさと言うべきか、揺るぎなさと言うべきか。

からくさ図書館の館長である篁が、時子に心底参っているのも分かる気がする。

「そういえば、篁さんお元気ですか？」

「元気よ。裏庭のツバメの巣の周りにカラス除けの網を張り渡したり……」

「優しい。落ちないように台で支えるとは聞いてたけど」

背の高い篁が小さなツバメのために工夫を凝らしている姿を想像すると、妙に可愛らしく思える。

時子もそう感じているのか、花を愛《め》でるような表情だ。

「巣を狙うカラスと親ツバメが空中で戦うのを見て、放っておけないと思ったんですって。カラスは他の食料を選べるけど、親ツバメにとって自分たちの子は替えが利かないからって」

こくりと桃花はうなずいた。

二人が営むからくさ図書館に、また行きたいと思う。

紅茶かコーヒーを飲みながら読書や勉強に勤《いそ》しめる、裏庭を備えた赤煉瓦《あかれんが》の洋館。

二人の本来の役割は現世に未練を残してさまよう「道なし」を冥府に送ることだが、からくさ図書館という場を時子と篁が大切にしているのはとてもよく分かる。

抹茶と菓子が運ばれてきた。

長方形の皿に並んだマカロンは、ピンクの木いちご、ベージュの塩キャラメル、果皮そっくりの色をした檸檬の三種。

端には一つだけ、透き通った和菓子が載っている。水色の流れに、小さな赤い金魚が泳いでいる。

「金魚琥珀」

優しくつぶやく時子の瞳が光を増して、桃花は猫みたいだと思う。

「きんぎょこはく?」

「寒天で作ったこういう和菓子を、琥珀って言うの。こなしで作った金魚が入ってるから、金魚琥珀って呼んでる」

輝く猫の目をしたまま、時子が解説してくれる。

「わたし、金魚琥珀、抹茶、マカロンの順ね」

時子は菓子切りを手に取って、金魚琥珀を二つに割った。金魚のいる方からぱくりと口に入れる。撮ってから食べたいような、と桃花は思ったが、つられて二つに割ってみた。菓子切りに伝わる手応えが心地よい。

甘く冷たい琥珀が口中に収まって、なめらかなこなしが舌に触れた。ああ優しい、と思う。確か、こなしは白あんと小麦粉でできているのだったか。

——冷たいうちに食べるの、いいっ。

時子に倣って、そのまま残り半分も食べる。きめ細かな泡が立った抹茶は、碗に祇園祭の鉾が描かれていた。

「今日、宵山ね」

同じ意匠の抹茶碗を手にして、時子が言う。

「今年、宵々山も宵山も行かずじまいです」

回して正面を避けて飲む。茶人に化けた野狐《やこ》・宗旦狐《そうたんきつね》の営む茶室で覚えた作法だ。

「晴明様と双葉は元気？」

抹茶を飲み終えた直後、時子に尋ねられた。

「元気ですよー」

声が震えないように注意深く答え、口元をハンカチで拭く。

桃花は、晴明に対する気持ちの変化を誰にも話していない。

しかし時子には、伝わってしまうような気がする。時子の方に探るつもりがなくとも、桃花は心の柔らかい部分を垣間見せてしまうかもしれない。

木いちごのマカロンを口に入れる。果実の甘酸っぱさが、こしあんの滋味に溶けていく。深い海の色をした切子《きりこ》のグラスで水を飲むと、氷が澄んだ音を立てた。

「双葉君は今、出町柳の弁天様のところへお使いです」

「妙音弁財天《みようおんべんざいてん》ね」

鴨川がY字に合流した西側に、弁財天を祀った堂宇がある。イタチ筆をどこの弁財天に託すか、晴明は近隣の弁財天に打診中なのだった。

「イタチ筆の件は双葉から聞いてるわ。招待状のお返事を受け取った時……待って、着信」

時子が巾着からスマートフォンを出す。

——時子さんも、持ってるんだ。

桃花が感心している間に、時子は画面に指を滑らせている。

「……双葉が怪我をして、からくさ図書館に運びこまれたそうよ。妙音弁財天の御使いが、送ってくれたって」

時子は憂い顔で告げた後、「篁から。メッセージ」と付け加えた。

「だ、大丈夫、じゃないですよね？」

式神が怪我をするというのは、よほどの異常事態と思われた。

「ひとまずは大丈夫。篁が、電話で晴明様を呼んだそうよ」

「良かった。晴明さんが来れば、きっと大丈夫……」

ふう、と二人でため息をつく。

互いの視線が卓上に戻る。

マカロンがまだ二つずつ残っていた。

「冬の琵琶湖《びわこ》ホテルよりは、まだましね」

困ったように時子が言った。琵琶湖ホテルの湯葉ティラミスを食べようと話していた矢先に、京都に迫る瘴気《しょうき》を見つけてとんぼ返りした思い出がよみがえる。

「春になってから、出直しましたもんね」

桃花は檸檬のマカロンを口に入れた。白あんとかすかな檸檬の香りを楽しみ、水を一口飲んでから即、塩キャラメルのマカロンを口に運ぶ。こちらはこしあんだ。

時子も同様の速いペースで残り二つのマカロンを食べ終えると、「ごちそうさま」と手を合わせた。桃花もそれに倣う。

「篁は『一応報告まで』って書いていたけど、戻ろうと思うの」

「わたしも行きます」

二人同時に立ち上がる。

双葉が元気になったら、この店に連れてこよう、と桃花は思った。

＊

朱色の鳥居が立つ吉田山《よしだやま》北側登山口の向かいに、からくさ図書館はある。市バスで言えば北白川《きたしらかわ》のバス停から徒歩数分だ。

狭い駐輪場を歩いて赤煉瓦の建物に入る前に、金属製のドアが開いた。

「時子様、桃花さん。ゆっくりしていればよろしかったのに」

歩いてきたのは、館長の篁であった。

見た目は二十七、八歳の黒髪の青年だが、正体は平安初期の文人・小野篁だ。齢《よわい》は千二百年に達する。

「双葉が怪我をしたと聞いたら、じっとしていられないわよ」

「同じくです」

「しかしせっかくの」

言いかけた篁の口元に、時子が指先をかざす。

「ちゃんと食べ終えてから来たわ。わたしも桃花さんも」

「御意」

時代劇に出てくる家臣めいた返事をして、篁は玄関へときびすを返す。時子が帰ってくる気配を感じて、出迎えをする愛犬のごとく出てきたのだろう。

——うん。篁さんは相変わらず、時子様への愛がだだ漏れ。

揺るぎなさに桃花は安心感さえ覚える。

「双葉は二階で休んでいます。私は受付の仕事をしていますので、上へどうぞ」

篁が金属の玄関扉を開けてくれた。

チョコレート色の本棚、一人がけのテーブル席が懐かしい。

——晴明さんが雫龍様を宿して以来、訪れていなかっただけなのに。

この場所もまた自分にとって、足場の一つなのだろう。

受付となっているどっしりしたデスクの横を通り過ぎ、木のドアを開ける。階段のある事務室から二階の廊下に出た。廊下の壁には大きな香袋が飾られ、穏やかな香りを放っている。

「弁財天の御使いがいらっしゃるわ」

ささやき声で時子が言う。その穏やかな表情に、桃花は安心する。弁財天の御使いといえば蛇だが、時子の様子からすると恐ろしげな存在ではなさそうだ。

廊下を進んで、扉の開いた居間に入った。

「時子さま。桃花どの。お見舞い申しわけのうございます」

双葉がソファから跳ね起きたので、時子も桃花も「めっ」と叱った。

「寝ていろ。双葉」

絨毯《じゅうたん》の上で胡座をかいている晴明が、静かに注意する。ドレスシャツの肩から背中にかけて、青い小蛇が載っていた。

「お前を運んできてくれた弁財天の御使いは、もう寝ている」

晴明の言葉通り、小蛇は寝ているようだ。くったりと弛緩《しかん》していて動かない。

双葉は聞き分けよく身を横たえると、「不覚を取りました」と悔しそうに言った。

はだけた浴衣の胸に、黒ずんだ打撲傷らしき痕がある。

桃花は双葉のそばに座って、小さな手に自分の手を重ねた。

「何があったの？　双葉君」

「野狐がいたのです。古い野狐」

「妙音弁財天の敷地内に、稲荷の祠《ほこら》がある。そこの鏡に、野狐がひそんでいたそうだ」

双葉に代わって、晴明が答えた。

小さな稲荷の祠には陶器製の白狐像がつきものだが、他に円い鏡も置かれていることがある。

「稲荷に仕える神狐《しんこ》が、困っていたので……追い払おうとしたのです」

「反撃されたわけだ。自分の力量を見誤ったな、双葉」

「めんぼく次第もございませぬ」

しょんぼりと言って、双葉は目を閉じる。

「でも、よく報告してくれたわ」

時子に励まされて、双葉はいたたまれなくなったようだ。両手で顔を隠して、ソファの背もたれに向かって寝返りを打った。

「双葉。仇《かたき》は討ってやる」

晴明の物騒な言葉に、桃花は身がすくんでしまう。

「ころしてはなりません、晴明さま。わたしはころされていませんから」

背を向けたまま双葉が言う。

晴明は琥珀色の目に温かい光を浮かべて、双葉の頭をなでた。

それを見て、桃花は晴明を好きになって良かったと思った。たとえ、誰にも言わないままこの一生が終わるとしても。

鴨川デルタの東側から、西側にこんもりと茂る木々を眺める。

——あの林が、出町妙音堂《でまちみようおんどう》。妙音弁財天を祀る場所。

桃花は、魔境へ臨むような気分になる。

だが、目に映るのはあくまで平凡な京都の日常だ。

若者の集団がデルタ地帯で憩う。少女が飼い犬を抱えて、少年が自転車を担いで、飛び石を歩く。

数キロ離れた街中で祇園祭の宵山が行われるこの日、洛東《らくとう》の人々は祭りがないなりに楽しんでいるようだ。

「どう攻めたものかな」

桃花と一緒に夏の熱風に吹かれながら、晴明は言った。

「城攻めみたいに言いますね、晴明さん」

かなわぬ恋を自覚し、晴明に嘘をついたこの場所で、軽口をたたけることに桃花は感謝した。二人の後ろでは、桃花が花盛りにした百日紅が今も咲き誇っている。

「水の女神を祀る妙音弁財天に野狐が宿っているのは、夏のさきがけ祭にとって大いに都合が悪い」

晴明の話が、桃花には分かる気がする。

「京の地下水脈を直すのに、水の女神を祀る場所に部外者が宿っているのは良くない、ってことですよね」

「妙音弁財天の本来の名は、『青龍妙音弁財天《せいりゆうみようおんべんざいてん》』。京を守る四神の一つ、東の青龍の名を冠している」

「それだけ、大事な場所なんですね……」

「本尊の弁財天は、青い龍を従えた絹本着色の絵だ」

「あっ、だから御使いが青い蛇さん」

桃花の納得に応えるかのように、晴明の肩で青い小蛇がうねる。普通の人間には見えないのを幸い、御使いも一緒に市バスに乗ってきたのだった。

「野狐一匹ごとき、追い出すのは造作もないことだが。境内の稲荷社の鏡に取《と》り憑《つ》いているのは厄介だ」

「どうしてですか？」

「手加減できず、稲荷社の鏡を壊してしまうかもしれん」

「それは……管理している人たちがびっくりしますね。稲荷社に仕える白狐さんも困るだろうし」

「器物損壊だ。量刑は懲役が三年以下、罰金なら三十万円以下、もしくは一万円未満の科料」

「別の手立てを考えましょうね？」

桃花はわざと怖い顔で晴明をにらんだ。晴明は淡々と風に乱れた髪を直している。

「桃花は小言を言う時、篁卿に似ている」

――言いますよっ。当たり前です。

少し意地悪をしたくなった。

「ふーん、全然いいですよー？　晴明さんって、けっこう篁さんのこと好きだから」

冗談めかして、好かれたいのだと言ってみる。

しかし桃花の期待を裏切って、晴明は微塵《みじん》も動揺しなかった。

「聞かなかったことにしておく」

「えー」

「真面目にやりなさい。仕事中だ」

晴明は、胸ポケットから万年筆を取り出した。

「方円の桃は、持っているか？」

「持ってますよ。いつでも」

いつでも、を強調して答える。注意されてしまったが、今この瞬間からは真面目にやるつもりだ。

「一筆書き加える」

「はい」

手渡された呪符に、晴明は「土公霊符」と書き加えた。円の中の余白、花咲く桃の枝のかたわらだ。

「妖狐《ようこ》や白狐に比べて、野狐は弱い。桃花でも対抗できる」

「わたしにできるんでしょうか」

疑問を述べつつ、方円の桃を受け取る。

「晴明さんのきれいな字で、バージョンアップされたみたい。でも『土公《どこう》』って？」

「陰陽道《おんみようどう》の神の一人。土を司り不浄を嫌う。稲荷社の鏡を荒らしている不届きな野狐を叱ってもらうわけだ」

「この呪符を晴明さんみたいな立派な陰陽師が使うと、稲荷社まで壊れちゃいそうですね」

「で、桃花の出番だ」

晴明は、飛び石に人がいなくなるのを見計らったように川へと歩きだした。青い蛇は自分のいた森へと鎌首をゆらゆら動かしている。

「どんな風に呪符を使ったらいいんですか」

注意深く飛び石を踏む。

野狐は弱いと晴明は言ったが、それは白狐や妖狐と比べての話だ。

決して油断してはならない。

「桃花。『自然を君の教師とせよ』だ」

飛び石の上で晴明が振り返る。

「ここで東の高野川と西の賀茂川は交わり、一本の鴨川となって飛沫を上げる」

晴明の言葉に導かれるかのように、桃花は川面へ目を向ける。浅瀬の石に、亀や千鳥の形をした飛び石に、澄んだ水はぶつかり、飛沫を散らす。

「方円の桃の力と、私が書き加えた『土公霊符』の四文字が交わって野狐を鏡から追いだす」

——晴明さんの力と、わたしの力が交わって鏡の中になだれこむ。

流れる川にひそむ青は、空の色だ。

流れる青が、野狐を打つ。

思い浮かんだイメージに、桃花は奮い立った。力への衝動を抑えるために深い呼吸をすると、ワンピースの胸が上下した。

晴明が自分を見ている。

凪《な》いだ水面の目だ。

「できます」

期待に応えるのではない。備わった力を放つのだ。

「行こう。さきがけ祭のために」

「はい。さきがけ祭のために」

青空を映す鴨川を渡って、青龍妙音弁財天へ。

この歩みが、自分の陰陽術を支えている。

白く大きな鷺《さぎ》が二羽、布を翻すような音を立てて対岸から飛び立った。

*

ごく短い石橋の向こうに、「妙音天」と扁額《へんがく》を掲げた石の鳥居が立っている。

緑に囲まれた鳥居だ、と桃花は思った。

うねった背の高い松、薄緑の実を付けた南天、葉の尖《とが》った笹《ささ》が鳥居に寄り添い、境内には注連縄《しめなわ》の巻かれた神木や、名の分からないさまざまな植え込みが見える。

いずれの緑も瑞々しく、鴨川の恵みを謳歌《おうか》しているかのようだ。

「青龍妙音弁財天は、もともと伏見に祀られていた。今は無き伏見離宮《ふしみりきゅう》に」

晴明の言う「伏見離宮」は初耳だったが、朝廷ゆかりの場所なのは分かる。

「どっちも、水の勢いがある土地ですよね。名水の湧く伏見と、二つの川が合流する出町柳」

「それをつなぐ京の水脈が乱れている」

明日の夜のさきがけ祭について軽くおさらいしつつ、晴明と桃花は境内に入った。

二人で手水舎《ちょうずや》に立ち寄って手を清めていると、晴明の肩から青蛇が躍った。

神木の梢《こずえ》へと跳躍したかと思うと、青い浴衣姿の少女となって石畳に着地した。

——人に化けた！　この姿で、双葉君を送ってくれたんだ。

「お二人とも、弁財天へのお参りはなさらずとも良うございます。早《はよ》う、稲荷の社へ」

「分かった」

敷地の隅に赤い幡《はた》が見えた。白い字で「豊川稲荷《とよかわいなり》」と染め抜かれている。

――豊川稲荷って、愛知県《あいちけん》のどこかのお稲荷さんじゃない？　お祭りをニュースで見たような。

しかし目の前にあるのは、大人数人で抱えこめそうな小さな祠である。祠の扉の前には、円い鏡が置かれている。その両側に並ぶ陶器の白狐たちは、心なしか剣呑な目つきだ。

「基礎の基礎だが言っておこう。稲荷の二つのあり方について」

野狐の件などどこ吹く風で、晴明が語りだした。

「京の伏見稲荷に祀られているのは稲荷神、神道《しんとう》の神だ。しかし、三河国《みかわのくに》の豊川稲荷に祀られているのはダキニ天《てん》。仏教の神だ」

「さよう、さよう」

少女の姿のまま、弁財天の御使いが相槌を打った。

「こちらの祠は、三河国から勧請《かんじょう》されました豊川稲荷。鏡に野狐が宿っているので、ダキニ天様はお困りです」

「鏡に棲む野狐には心当たりがある」

――えっ、それを早く言ってください。

晴明に不満を述べるのを、桃花は我慢した。鏡に潜んでいる野狐に、軽く見られたくないからだ。

——詳しい話を教えてもらえずに、置いてきぼりな弟子、と思われたら嫌だ。

平気なふりをして、視線で晴明に続きを促す。

「室町幕府第六代将軍、足利義教《あしかがよしのり》の御台《みだい》に憑いた狐だ」

「御台って、奥さんですよね」

「『正室』や『正妻』とだいたい同じ意味だ。つまり御台とは、側室や妾《めかけ》とは違う正式な妻」

難しい言葉を解説する時の口調で、晴明は続ける。

「足利義教には、正室と側室合わせて十五人ほどの妻がいた」

——十五人もいるのに『妻』って言っちゃっていいの？　妻、大事ですよ？

現代の日本とは違うのは分かっているが、とんでもない数だ。

話の腰を折るわけにもいかないので、桃花は黙って続きを聞く。

「そして狐に憑かれたのは正親町三条尹子《おおぎまちさんじょうただこ》。足利義教の二人目の御台にあたる」

——昔だから仕方ないかもだけど、やだ。

思えば、昔はそんな話ばかりだ。

晴明の部下の一人、富子姫《とみこひめ》は室町幕府の八代目の将軍・足利義政《あしかがよしまさ》に嫁いだ。しかし、冥官となった今は輿入《こしい》れ前の少女の姿で現世に来る。この姿が良いのだ、と。

「その野狐は、正親町三条尹子の鏡に宿って将軍家に入り、祟りをなした。ゆえに、密教僧と陰陽師によって地中に封じられた。尹子も災難なことだ」

晴明の口ぶりは、途中から芝居がかっていた。「尹子も災難」のあたりから。

どういうつもりなんだろう、と桃花が思った時、境内に甲高い声が響いた。

《違う！》

若い女の声であった。

怒りをはらんだ声が、稲荷の祠から聞こえてくる。

《違う、違う！　何も知らぬくせに、尹子の優しさも知らぬくせに！》

――これは、野狐の声？　晴明さんが今話した、将軍家に入りこんだ狐。

桃花は怯えなかった。

晴明が落ち着いてそばに立っているのが、視線を動かさずとも分かったからだ。

稲荷の祠が揺れた。桃花は一瞬地震だと思ったが、地面も木々も動いてはいない。ただ、稲荷の祠だけが鳴動したのだ。

「今だ、桃花。方円の桃を放て」

「はいっ」

呪符を持った自分の手から、祠の鏡へと細い通路が延びた。そんな感覚が湧き起こって、桃花は迷いなく方円の桃を放った。

水の珠を散らして交わる、二つの川を思いながら。

——晴明さんはきっと、鏡に潜む野狐を動揺させるためにああ言ったんだ。

鏡から、くしゃくしゃになった方円の桃が転がり落ちる。境内にごみを散らかしてしまったような心地がして、桃花は慌てて拾おうとする。

「桃花。処理は私に任せなさい」

大きな晴明の手が呪符を拾い上げた。

「よくやったな。野狐は封じられている」

「はい……。晴明さんが、一緒だったから」

怪訝そうな顔をする晴明の顔が、見えなくなった。

「痛っ。いたたた」

晴明が消えたのではない。自分が石畳に尻餅をついたのだと気づくのに、一秒の半分ほどかかった。

——せっかくのワンピースなのに。砂とかつかなかったかな。

起き上がろうとすると、御使いの少女が手を貸してくれた。

「あ、すみません」

「いえいえ、こちらこそ。ようお力をお貸しくださいました」

腰がじんじんと痛むのを感じつつ、どうにか立てた。

「もしかして、『ショックで腰がぬける』ってこういう現象？」

「感心している場合か」

晴明の口調が硬いので、桃花は「はい」としおたれた声で返事をする。

「古い野狐と直接口を利かずに済むよう手早く封じたが、桃花には少々、加筆された方円の桃は負担が大きかったようだ」

——そんなぁ。

自分はもっと強いはずなのに、と桃花は情けなくなる。

明確な根拠はないが、晴明の隣にいれば自分はもっと強くいられるはずなのだ。

「お弟子は、夏疲れされておるのやも」

青蛇の少女が気遣わしげにフォローしてくれた。

――奥さんがたくさんいる人の話を聞いたからかな。しかも晴明さんの口から。

情けなさがつのる。仕事中だというのに、自分は何を気にしているのだろう。

「桃花。今日はあの二人に送ってもらいなさい。明日のさきがけ祭に備えて」

優しい声で、晴明が言う。

木漏れ日の下、日傘を差した藤色の浴衣姿が目に入った。

時子であった。まるで姉弟のように、双葉と手をつないでいる。

「双葉君、元気になったんだ……」

「おかげさまで、桃花どの。こんどはあなたが休まなくては」

幼いが頼もしい口調で双葉が言う。

時子は日傘を傾けると、青蛇の少女にしずしずと頭を下げた。

この地を守る水の女神の御使いに、感謝を捧げるかのように。

＊

今夜は宵山だというのに、早めに眠る羽目になってしまった。

薄いタオルケットを体に巻いて、桃花はベッドに横たわっている。

もう暑いので三毛猫のミオは床で寝ていて、ひどく寂しい。

枕元には、出会った頃に晴明にもらった香袋がある。

すっかり馴染み深くなったこの香りでよく眠れるはずなのだが、今夜は寝苦しい。

――疲れて横になっていたいのに、目が冴えてる。

階下からは、両親の陽気な話し声が聞こえる。

空が暗くなる前に少しだけ街中で宵山を見てきた二人は、夏の熱気を持ち帰ってきたかのようにはしゃいでいる。

長刀鉾《なぎなたほこ》の掲げた刃《やいば》。函谷鉾《かんこぼこ》の豪奢な織物。菊水鉾《きくすいほこ》の唐破風屋根《からはふやね》。

――鉾の、話をしてる。去年、わたしも見たよ。

目を閉じると、昨年の夏に晴明と歩いた宵々山があざやかに浮かぶ。

夕闇に立ちはだかる駒形提灯《こまがたちょうちん》、縁起物として売られるちまきや手ぬぐい。

桃花が身に着けているのは、紺色に金魚の泳ぐ浴衣、黄色い帯。かんざしには金魚が揺れていた。

――そう、まだ結び桜のかんざしをいただいてなかったんですよね。

夢の中で呼びかけると、晴明が隣に現れた。

青鈍《あおにび》色《いろ》の浴衣と麦わら色の角帯が、琥珀色の髪と瞳によく似合う。

腰には、雫の形をした推古鈴《すいこれい》が根付として下がっている。

——推古鈴。あやかしが近づいたら知らせてくれる。台湾に持っていった。

晴明を巡る思い出を、水晶の珠一つ一つに閉じこめておけたらと思う。

人波が二人を取り囲む。

昨年の宵々山と同じように。

晴明の右腕が、人波からかばってくれるのも同じだ。手を浮かせて、桃花の背に触れないようにしながら。

——今なら、触れてほしいのに。

自分の抱いた感情に愕然として、桃花は怖くなる。

もう昨年の自分とは違う。

変わってしまった自分を、自分は認められるだろうか。

そして、変わってしまった自分を、晴明は認めてくれるだろうか。

頭を抱えて、桃花は走りだす。

いても立ってもいられない。山も鉾も人々も、夕闇の中でぐにゃりと溶ける。

「桃花。桃花」

高い位置から呼ばれた。

灰色と夕焼け色に彩られた雲から、晴明の声が響いている。

「晴明さん。こっちの夢に入ってきちゃ駄目です。ホラー映画です」

祇園祭の山や鉾が溶けているのだから、ホラー映画で間違いない、と思う。

「それはいかん」

雲から金色の鎖が下りてくる。先端に夏椿が一輪括りつけられていた。

「この鎖で引き上げる」

「途中で切れちゃいません？　芥川龍之介《あくたがわりゅうのすけ》の『蜘蛛《くも》の糸《いと》』みたいに」

「タンパク質の糸と一緒にするな」

晴明の言葉と、金色の鎖が手首に絡んで引き上げられるのと、同時だった。

見かけによらず、まったく痛くなかったのが幸いであった。

「切れなかっただろう」

白い直衣に紫の袴を身に着けた、陰陽師の姿をした晴明が自慢げに言う。

桃花の手首から鎖が外れ、しゅるしゅると晴明の袖の中に巻き取られていく。

深い霧が漂う中に、松の樹影がぼんやりと見て取れた。

「ここ、どこですか？」

「京の北、正親町三条家の別荘だ。ただし六百年近く前の」

「おおぎまちさんじょうけ……」

最近耳にした苗字《みょうじ》である。

「今日聞いた、尹子さんの家の」

「そうだ」

霧が晴れてくる。

苔《こけ》むした石灯籠と松を配置した、野趣のある庭が広がった。

「狐に憑かれたというのは、本当なんですか？　何も分からないまま、鏡に宿った野狐を封じてしまったけど……」

「桃花が家に帰ってから、すべて聞きだした。あの野狐は小露《こつゆ》という」

小露。風情ある名前だ。

思えば、春に東山花灯路《ひがしやまはなとうろ》を妨害した妖狐・藤尾《ふじお》もまた雅《みやび》な名であった。

「小露狐は、尹子を害そうとして憑いたのではない。救ってやるためだ」

「どういう……」

意味ですか、と問おうとした時、霧が晴れてきた。

大きな庭石の陰に、少女と幼女が一人ずつ、並んでうずくまっている。

——誰かから逃れてきたのかな。おねえさんの方が怯えてる。

観察しているうちに、桃花はあることに気づいた。

年かさの少女は、着物の色がやや地味だ。継ぎのあたった部分もある。

清潔ではあるのだが、その質素さは身分の違いを思わせた。

「小露。まだだいじょうぶ。みな、妹にかかり切り。われらは見つからぬ」

利発そうな言い方で、幼女が「小露」の髪をなでる。

「尹子さま」

顔を上げた少女の鼻づらは、不思議な色をしていた。

毛がみっしりと生えているのだ。

よく見れば、少女の手の甲にも同じような毛が生えている。

あの色は、そう、狐の毛だ。

「晴明さん。あれは」

どういう状況なのだろう。

いつか夢の中で見せてもらった貴船と同じく、過去の情景だとは分かるのだが。

「桃花。あれは幼き日の正親町三条尹子と、子守の小露だ」

「え、でも、狐の毛が」

どう見ても、小露の外見は普通の人間ではない。人に化け損ねた狐だ。

「自分の子守の正体が野狐と知っても、尹子はそばに置き続けた。情が湧いたか、尹子自身が寂しかったか。その両方だろう」

晴明が陰陽師であり冥官でもあることを、桃花はあらためて想起する。

正親町三条尹子という貴族の女性がどんな生涯をたどったか、晴明はすでに知っているのだろう。

「どうして、野狐が子守に？」

「親が瘴気に中《あ》てられて死んだそうだ。野狐は弱い」

瘴気ならば、現代の京都にも出没している。

現に、昨年の初夏には逢坂の関の神に仕える者たちが瘴気に中てられてしまった。

「今の京都も瘴気から守らないと」

「ああ」

幼い尹子が、小さな手も赤い袖も使って小露をなでてやっている。

「励んでおるよ、小露は。親がなくとも、人に混じって、よく励んでおる」

可愛らしい激励に、小露が微笑む。

顔の獣毛がだんだんと、薄皮をはぐように消えていく。

「ほれ、治ってきた。もうすぐ、みなのもとに戻っても平気じゃ」

遠くから赤子の泣く声がする。

「妹が泣いておる」

尹子の表情が曇った。

「みなが、言うのじゃ。妹も器量よしゆえ、公方様《くぼうさま》に輿入れさせねばと」

公方様とは、おそらく将軍のことだろう。尹子の幼い顔に、うんざりした表情が浮かんでいる。

桃花は（分かる気がする）と思う。

――いくら何でも赤ちゃんの顔を見て『偉い人と結婚させよう』はないよね？

可愛いと褒めるだけなら良いとして、嫁ぎ先まで決めるとは。

「ああ、人間には努めねばならぬことが多すぎる」

しゃがんだまま、尹子は小露にくっついた。

子猫がきょうだいに甘えるような仕草だった。

「な、小露。お前、わらわが輿入れする時はついておいで」

「輿入れ先まではご一緒できますまい。私は身寄りなき女」

自嘲するように言った小露の頬を、尹子は指先でつつく。

「お前は野狐ではないか。今からでも修行を積んで、鏡でも櫛《くし》でも、女の化粧道具に身を潜められるようにしておくのじゃ」

「何と、尹子さまは難しい求めをなさる」

姫君のわがままな要求に、小露は苦笑いしている。

――小露さん、尹子さんが好きなんだろな。

自分も、姫君である時子を好いている。もちろん、男性である晴明に対する気持ちとは別の意味で。

小露にとって、尹子の悩みも優しさも、相手を貶《おとし》めない種類のわがままさも愛おしいのだろう。

自分との思わぬ共通点を見つけて、桃花は小露に対する興味が湧いてきた。

「ねえ、晴明さん。この二人がどうして、取り憑かれただの祟っただの、不穏な話になっちゃうんですか?」

「それは、尹子が大人の女になってからの話だ」

晴明が直衣の袖を振り、濃霧が再び漂いはじめる。

霧が晴れるとそこは、薄暗い板張りの部屋だった。

障子越しの光に、きらびやかな小袖姿が照らされていた。

「小露。小露や」

上品な顔立ちの、しかしやつれた女性は、鏡台の鏡に向かって名を呼んだ。

この時ようやく、桃花は女性が誰であるか確信を持てた。

──尹子さん。輿入れ先について来いって言ったあの女の子。

優しげな顔立ちは変わらないが、体の中から大切なものを引き抜かれてしまったような、憔悴《しょうすい》しきった姿に見えた。

「小露や……」

かすれ声にかぶさるように、「ここに」と声がした。

手鏡から滑り落ちたのは、一人の少女であった。

霧の庭園で、幼い尹子と一緒にしゃがんでいた質素な身なりの少女だ。

「聞いておくれ。わが妹が……わが妹も、公方様に仕えることになった」

少女の目が光った。

桃花には感情が読み取れなかったが、少なくとも愉快そうではない。

「先代の御台様、今の御台たるわらわ、わらわの妹。女の三すくみじゃ」

今度ははっきりと不機嫌な様子で、小露は「はん」と息を吐く。

「冗談でも、ご自分を蛇や蛙《かえる》やなめくじに喩えなさるな」

三すくみとはこの三種の生き物の睨み合いだ。美しく装った女主人にそんなものの言い方をしてほしくない気持ちは桃花にも分かる。

「そう……それに、三すくみどころではない。十指に余る妻！」

ほ、と嘆息して、尹子は脇息《きょうそく》にもたれた。

「のう。小露や。狐は人に憑くそうな」

小露の両目がすうと細くなる。やはり機嫌は良くなさそうだ。

「わらわに憑いておくれ。狂い、高笑いし、欄間や天井へ飛び跳ねるわらわを見れば、公方様はこう思われる。『今の御台には狐が憑いて手に負えぬ。出家させて寺に隠棲《いんせい》させよう』と」

桃花は、妙音弁財天での小露の叫びを思い出した。

何も知らぬくせに、尹子の優しさも知らぬくせに、と。

「さすれば、妹が三番目の御台になる。血筋はわらわと同じ、顔つきは似ていて、妹の方が若い」

小露は黙っている。しかし頬のあたりの獣毛が濃くなってきて、表情がさらに険しく見える。

「最初の御台は、尹子様に『ざまを見ろ』と言うでしょう」

「言わせておけばよい。わらわはこの、女たちが競って公方様の寵《ちょう》を奪い合う場所を出たい。妹に、安定した御台の地位を与えてやりたい」

自分と自分の妹が、将軍一人を奪い合う。

桃花は一人っ子だが、想像すると生々しく、恐ろしい。

「出家させられたら、小露も一緒に連れてゆく。この鏡に入れて」

鏡台に指を這《は》わせる尹子を、小露は冷めた目で見つめている。

「寵を失っても、ようございますね」

「わらわが一度でも、公方様に心を許したことがあったろうか」

ない、と明言するかのようだった。

小露の姿がゆっくりと狐に変わり、口を開けて尹子の首を噛もうとする。

——危ない。食われる……。

思わず目をふさぎかけた時、視界が暗くなった。晴明の白い直衣の他、ほとんど何も見えない。

「この後は、見ずともよかろう。尹子は小露狐に憑かれ、高笑いし狂乱し、足利義教を仰天させた。『満済准后日記《まんさいじゆごうにつき》』という記録に残っている」

知らない名前の史料だが、晴明にとっては聞き知った存在なのだろう。

「狐を落とすために用いられたのが、密教の五壇法《ごだんほう》と六字法《ろくじほう》。小露は抵抗したが、最終的には箱に封じられ土中に埋められた」

悲劇を聞かされている。せめて、と桃花は質問をする。

「出家はできたんですか。尹子さん」

「いいや。結局、尹子が出家できたのは足利義教が赤松満祐《あかまつみつすけ》に暗殺された後だ。瑞春院《ずいしゅんいん》という寺院で、義教の菩提《ぼだい》を弔って生涯を終えた」

やりきれない。

自ら狐に憑かれた尹子の決心は無駄になってしまったのか。

「京の結界の乱れによって、小露は封印から解放された。しかし力が回復しないため、妙音弁財天で鏡に宿って身を休めていたそうだ。鴨川の水気も境内の緑の木気も浴びることができてちょうど良い、と」

「力を回復させて、どうするつもりだったんですか？　ちょっと嫌な予感が」

「近くの十念寺《じゅうねんじ》にある、足利義教の墓を襲うつもりだったそうだ。女たちの苦しみの原因は、多くの妻を得たあの男のせいだから、と」

「でも、お墓を襲ったって……誰かが喜んだり楽になるわけじゃ……。そういうの、理屈じゃないのかもしれないけど」

もごもごと口を動かして、桃花は言葉を選ぼうとする。

「そのあたりは、な」

晴明が微笑んだような、諦めたような気配がした。暗くてよく分からない。

「お前の仕えた尹子は、出家後に義教の供養をして生を終えた——と私から伝えておいた。何とも言えん顔をしていた」

——うん、ガーンと来る。わたしだったら。絶望？　愕然？

愛しい存在のために行動し、陰陽師や密教僧によって地中の箱に封印され、解放されてみれば愛しい存在はとうに生を終え、しかも仇敵《きゅうてき》の供養をしていたとは。

「伝えにくい話を、よく伝えましたね。晴明さん」

「仕事だからな」

「術の行使以外でも、難しい仕事ですね」

「そうかもしれん」

「小露さんは、これからどうするんですか？」

「尹子が葬られたのは、嵯峨《さが》の二尊院《にそんいん》だと教えた。ひとまず行ってみるそうだ」

「寂しい場所ではないですか？」

「由緒正しい寺院だ。堂々たる総門、朝廷からの使いしか通れない勅使門、紅葉を植えた広い馬場」

壮麗な寺院を想像して、桃花は安心した。あの尹子が眠る地は、小露狐が尹子を偲ぶ地は、美しい場所なのだ。

暗い視界の中で、晴明の姿だけが少し明るい。

「おやすみ、桃花。今日はよくやった」

「途中でダウンしたのに?」

「よくやった」

念を押すように言って、晴明はこちらに一歩か二歩近づく。

「去年の浴衣を着ているな。金魚の」

「えっ?」

胸元に手を当てると、浴衣の感触がある。

髪に触れれば、揺れる金魚のかんざしがある。

——最初に着ていた格好のままだ。

夢の始まりに抱いた気持ちまで晴明に知られているのではないか、と不安になる。

桃花は何も答えないことにした。

いや、それでは愛想が悪すぎる。伝えたいことも一つある。

「晴明さん。今日はお疲れさまでした」

くくく、と晴明の笑う声がした。

なぜ笑うの、と疑問に思いながら、桃花は深い眠りに身を任せていった。

＊

祇園祭の前祭、山鉾巡行《やまぼこじゅんこう》が終わった夜。

洛南《らくなん》に位置する城南宮は、蒸し暑いながらも静けさに包まれていた。

参拝の時間を四時間ほど過ぎて、庭園には桃花と晴明以外誰もいない。

静かな池に細い川が音もなく流れこんで、鏡面のような静けさを保っている。

神楽殿《かぐらでん》を囲む提灯のおかげで、青楓が映る水面を楽しめる。

「やっとここまで来られましたね、晴明さん」

桃花は、自分たちが今通ってきた道を振り返って言った。

与謝野晶子《よさのあきこ》の歌碑のあたりに、晴明が作った通路がある。

「すっごく長い時間が流れた気がします。雫龍様が晴明さんに宿ってから、一ヶ月ちょっとなのに」

「そうか。十六歳は時間の流れが濃密で良いな」

「あっ、ひどい。また子ども扱い」

桃花は怒ってみせたが、悪い気はしない。誕生日はまだだと覚えてくれている。

髪には結び桜のかんざし、着ているのは白いワンピース。

城南宮の神苑《しんえん》で夏のさきがけ祭を行うのに、一番いい服装を選んだつもりである。

晴明は、白い直衣に紫の袴という陰陽師の姿だ。

自分は無意識に白い洋服を選んで、晴明に合わせたのかもしれない。

「水がきれいですね。池の水も、流れこんでくる小川も」

「この平安の庭は、地下水を使っている。京の地下水脈の乱れを糺すには最適だ」

「ああ、つながっているから……」

「ついでに言うと、庭園に引きこんだ水の流れを『遣水《やりみず》』という。池の中心に設けた人工の島は『中《なか》の島《しま》』だ」

「庭園の用語ですねー」

いつもの授業と変わらない、適度な緊張感だ。

もしや晴明は、桃花がうまく動けるよう考えてくれているのだろうか。

「どの位置で、さきがけ祭を？」

「雫龍に決めさせる」

池のほとりに立って、晴明は左手を差しだした。

直衣の背中から肩、腕へと伝う真珠色の雫龍は、それ自体が水の神かと思うほど大きく育っていた。

「ああ、そちらか」

晴明がうなずくと、雫龍もうなずいた。

「どっちです？」

何気なく聞いた桃花の視界を、ゆらめく真珠色の龍がさえぎった。

晴明と雫龍が中の島へと跳んだのだ。

「すごいジャンプ力。普段も見せてくれればいいのに！」

「誰がやるか。何の教師だと思っているんだ」

「体操の先生じゃないのは分かります」

自分が晴明に求めているのは何なのか、と反省する。あくまで陰陽術と学校の勉強の師である。

「桃花。このまま始めるぞ。歌う準備を」

「はい！」

気を引き締めて、中の島に立つ晴明と向き合う。雫龍は身をくねらせて、晴明の頭上に浮かんでいた。

「京の南に居ます城南大神《じょうなんおおかみ》に、かしこみかしこみ申《もう》さく」

祝詞《のりと》を思わせる言葉を、晴明が発した。

春のさきがけ祭では牛頭天王の名を挙げていたが、今告げたのは城南宮の祭神の名だ。国常立尊《くにのとこたちのみこと》、八千矛神《やちほこのかみ》、息長帯日売尊《おきながたらしひめのみこと》の三柱が合祀《ごうし》された名前。

「京の結界繕う地鎮祭、そのさきがけのさきがけ祭、陰陽師安倍晴明とその弟子糸野桃花が行いたてまつる」

結界が結ばれた。

今から歌われる『君が愛せし』は、普通の人間には聞こえない。

晴明、桃花、そしてこの地に祀られた城南大神の間に、契約が結ばれるのだ。

直衣の袖がひらめく。

合図だ。桃花は今まで練習してきた通りに歌いはじめた。

君が愛せし　綾藺笠

落ちにけり　落ちにけり

鴨川デルタで一人で歌った時とは違う。晴明の低い歌声が自分の声に混じって、音の中に複雑な色彩が生まれている。

賀茂川に　川中に
それを求むと　尋《たづ》ぬとせしほどに……

ふと気づくと、もう一つの歌声が夜の庭園に流れていた。
男性と思われるその声は、晴明のいる中の島から聞こえてくる。
雫龍だ。
真珠色の鱗《うろこ》を輝かせて、雫龍が大きな口をわずかに動かして歌っている。

明けにけり　明けにけり
さらさら　さやけの　秋の夜は……

恋人たちの逢瀬《おうせ》の終わりを告げるような、秋の夜明けを告げる詞章だ。

晴明と自分の声に雫龍の声が混じると、見守られているような奇妙な恥ずかしさが生じた。

「京の地下水脈は糺される」

宣言する晴明のそばに、雫龍はもういない。この庭に流れる水を通って、地下へ向かったのだ。

――そっか。行ったんだ。雫龍様。

桃花は、しばらくぼんやりとしていた。

晴明が閉じた扇子で、南の夜空を指し示すまで。

――流れ星でも流れたのかな。

首を巡らせた桃花は、感嘆の声を長く漏らした。

夜空に赤い光がたなびいている。

オーロラが赤ければ、あんな風だろうか。

「朱雀が喜んでいる。人の姿は取れないが、舞う姿を見せるだけの元気は出たか」

晴明自身も嬉しそうだ。

天体ショーと言えるほどの赤い光を、愛おしげに見上げている。

——隣で見ていてくれる方が、うっとりですよ。

言えない言葉を呑《の》みこんで、桃花はたなびく赤い光に見とれた。

夜の洛南はあくまで静かだ。

南の空に舞う朱雀の赤い翼は、普通の人々には見えないのだろう。見えたなら、きっと騒ぎになっている。

山の端に落ちる夕日よりも儚《はかな》く、赤い乱舞が薄れて消える。

見えなくなっちゃった、と残念がっていると、隣に晴明が舞い降りた。

本当に、普段からそういうアクションを見せてくれればいいのに、と思う。

「桃花。さきがけ帖を持っているか」

近くでささやかれたのは、当たり前だが色っぽい内容ではない。

「はい、ポケットに……。でもとっくに、文字は出てましたよ。三つ巴の神紋も」

一応、さきがけ帖を開いてみる。

そこには一目で分かる変化があって、桃花は跳び上がった。

「神様の名前が、全部漢字になってます！　正式に『高龗神』って！」

結び桜の子　糸野桃花

高龗神の求めにより
安倍晴明とともに歌い
夏のさきがけ祭を行う

期末試験の前に現れた時は「タカオカミノ神」だったのが「高龗神」と正式名称になっている。

神紋も、一つ増えている。

貴船神社のもう一つの神紋、双葉《ふたば》葵《あおい》だ。

「やったな。貴船神社の神紋が二つとも揃い、神の正式な名も記された」

「仮免許からほんとの免許になったんですね」

おどけた返し方をしながら、桃花は胸の動悸《どうき》が布地に現れぬようワンピースの胸元を押さえていた。

夜の庭園に二人きりでいるのに、晴明は飄々《ひょうひょう》と夜の青楓を眺めている。

第三十六話・了

あとがき

この本を手に取ってくださって、ありがとうございます。

おかげさまで『おとなりの晴明さん』シリーズは『からくさ図《と》書《しょ》館《かん》来《らい》客《きゃく》簿《ぼ》』シリーズを追い越して第七集に至りました。

副題である「陰陽師は水の神と歌う」の通り、今回は水がテーマです。京都の北から南へと、清らかな水がほとばしるさまを想像しながら書き上げました。

いつもは一つの季節で一冊が基本ですが、この第七集は六月から七月半ばまでという短い期間が舞台です。しかし桃花にとっては、濃密な時間だったかもしれません。

一話目にあたる第三十二話では晴明さんに試練が与えられ、桃花に気がかりの種が生じてしまいました。

第三十三話では道真公の伝説から生まれた神様に力を貸し、そのことが創作の糧につながってゆきます。

第三十四話ではとうとう自分の気持ちに気づき、第三十五話では自分の気持ちを隠すことを選び、第三十六話では、試練を乗り越えた晴明さんとともに、夏のさきがけ祭をやり遂げます。
学校生活と芸大の受験だけでなく恋も陰陽術の修行も抱えこんで、桃花の暮らしは多事多難となりそうです。温かく見守っていただけましたら幸いです。

ところで、今回は水の他にもう一つテーマがあります。
イギリスの詩人・ワーズワースの詩句から拝借した「自然を君の教師とせよ」。
原文はこうなっています。韻の踏み方も含めて、好きな言葉です。

Let Nature be your teacher.

今回も、多くの方々にお世話になりました。皆様のご多幸をお祈りすると同時に、
心から御礼を申し上げます。

仲町六絵《なかまちろくえ》

主な参考文献

『イギリス名詩選』
平井正穂　著／岩波書店

『かわいい琳派』
三戸信恵　著／東京美術

『神坂雪佳　琳派を継ぐもの』
福井麻純　著／細見美術館　監修／東京美術

『狐の日本史　古代・中世びとの祈りと呪術』
中村禎里　著／戎光祥出版

『日明関係史研究入門　アジアのなかの遣明船』
村井章介　編集代表／橋本雄・伊藤幸司・
須田牧子・関周一　編／勉誠出版

※ここに挙げた他にも、多くの文献を参考にさせて頂きました。
末筆ながら、著者・編者・出版社の皆様に御礼申し上げます。

＜初出＞

本書は書き下ろしです。

◇◇メディアワークス文庫
おとなりの晴明《せいめい》さん 第七集《だいななしゅう》
～陰陽師《おんみょうじ》は水《みず》の神《かみ》と歌《うた》う～

仲町六絵《なかまちろくえ》

2020年8月25日　初版発行

発行者　青柳昌行
発行　株式会社KADOKAWA
〒102-8177　東京都千代田区富士見2-13-3
0570-002-301（ナビダイヤル）
装丁者　渡辺宏一（有限会社ニイナナニイゴオ）
印刷　株式会社暁印刷
製本　株式会社暁印刷

ISBN978-4-04-913387-5 C0193

メディアワークス文庫　https://mwbunko.com/

本書に対するご意見、ご感想をお寄せください。

あて先
〒102-8177　東京都千代田区富士見2-13-3
メディアワークス文庫編集部
「仲町六絵先生」係

◇◇◇

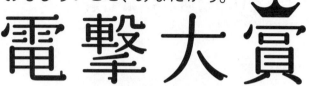